剪影集

像一縷柔軟的青煙，消失在夜的蒼茫裡

蓬子——著

各人都說不出話來，讓沉默籠罩著。
只有悽慘的嗚咽顫動在房內藍色的空氣裡，
和幾聲漫長的嘆息消散在窗外幽暗的夜色裡。

目錄

目錄

兄弟

一

一個二月的春天的傍晚。空氣很清新，你走到田野上，便會聞到新抽的柳葉和嫩草的氣息。太陽沉到山下了。可是天色依舊很明亮。白的雲，沒主兒的小船似的，在碧藍的天空裡，飄著飄著，像誰在那裡划著槳。好天氣，誰不想多做點兒活計，便是黃的牛，黑的牛，也不像平日那樣到了這時候就放他去休歇，還得拖著一架又笨又重的大犁，再多耕個三分四分地。

可是，這許多耕牛中間，偏偏沒有王大保家那一頭，那一頭禿了毛的黑牯牛。老平靠著肚子裡的三碗酒，有精神，也有那少見的輕鬆的腳步。從白馬坂的東頭踏到西頭，足足有二里路，可彷彿一轉眼就走完，眼前橫著一條白洋洋的白馬河了。陷在泥窪裡不知多少次，一雙新草鞋給漿得像穿過十天八天，踏過山路也踏過水塘的樣子，一條青布褲上也濺了許多泥餅子。可是光著眼睛留心瞧過去，阿楊家的，老奎家的，毛頭家的，一頭頭都在這裡喘著氣爬，偏偏看不見王大保那頭禿毛牛。於是，照例灌下黃酒就會湧上來的，哥哥吩咐他什麼就會去做什麼的那種高興和起勁，慢慢的變成不耐煩，腳頭也滯重了。

風從河面上吹來，夾著河水的潮溼和寒涼。酒力褪下去了，風打到臉上，有點冷。中午穿著恰恰舒服的裌襖是經不起這傍晚的薄寒了。於是，老平的嘴巴就咕嚕咕嚕的響起來，咒著、埋怨著。

「借了錢，到時候不還！等人家來牽牛，還要躲！可又躲到哪裡去？就是上天入地也要追到你！」

這麼一咕嚕，彷彿今天這裡沒見王大保，真像他事前得到了風聲，躲開了。於是，扭著個生氣的面孔，白著眼，冤冤枉枉的只好空手走回村裡去，再打算。

「老平哥，真勤呀！這麼晚，還自己出來看田地。」老奎耕完地，要回家去，一頭老牯牛一搖一擺的跟在後面。

「哪裡呢？你看這什麼話。媽媽的，我老平一向只靠天吃飯，聽天命的——不——毛頭，我有句話問你，王大保這傢伙今天可出來？」

「他麼？又病啦！五六天沒出來，聽說這回不很輕。大概也是天數，平常辛辛苦苦的起早落夜，省吃儉用的，總想多幾個錢，好還債，可是一個月裡邊總得躺上幾天——你找他有什麼事情嗎？」

老平不再答應。也不去聽老奎的繼續的嘆息：「天也沒眼睛，一個年紀輕輕的小夥子，叫他生上這有錢人家的癆損病！」現在人有了著落，腳步自然又輕鬆，冷風吹來也不覺得，只緊緊的向前走去。

到了王大保的茅屋前，天色已經很晚，是上燈吃飯的時候了。可是他家的兩扇板門卻虛虛的掩著，燈也沒有點，望進去黑洞洞的。等到打開門，闖進裡面，更是昏黑到什麼東西也看不見。只聽見一陣悽慘的瘖啞的又哭泣的聲音，但也突然停住了。接著彷彿有人在摸索著，大約是點燈。

等到點上燈，一個蓬著頭髮，紅著兩隻核桃似的腫脹的眼睛的老太婆，王大保的老娘，抖索著手移過一條板凳，慌忙招乎老平坐下。

王大保躺在一張板床上。也沒有帳子。只蓋上一條破爛的薄被。頭露在外面，蠟黃的，沒有肉也沒有血，甚至嘴唇也癟下了。要是沒有那口斷斷續續的呼息，正和死人的顏色一樣。彷彿聽見有人進來，勉強睜開了眼皮。看見是老平，心裡想要招呼，可是那軟軟的脖子再也抬不起來，只動了動眼珠。

老太婆抬起袖口揩揩她淚水未乾的眼睛，抽噎著說：「大保這老病本來一個月要發一次，不過不怎樣，躺幾天就會好的。這一次，一來就是大口大口的鮮血，一個時辰沒有停，當時幾乎把自己這老太婆都嚇昏啦。以後一直五天嚥不下東西，不是吐，便是昏昏的睡。想請個醫生替他看看，又沒有錢。昨天到觀音寺去求了張佛簽，吃下去也不靈。倘使萬一有個山高水低，那怎……」話說不下去，眼淚又掛下了。大保彷彿聽得不耐煩，無力的又閉上眼皮。

這一來，把老平也弄得心神撩亂，忘記自己尋到這裡來的差事了。眼前是，一盞暗沉沉的慘綠色的煤油燈，一張霉臭的破舊的板床，一個呻吟著的垂死的病人，一個哀哭著的可憐的老太婆。於是老平什麼話也不提，倒像一個來看病的客人似的安慰著老太婆：

「老姥姥，你不要急。一個人病痛總有的。只要躺幾天，大保就會好起來……」

但王大保這時忽然又睜開眼睛，感謝似的，用疲乏的眼光望望老平，於是，心裡更加難受，正說著的話忽然啞住了。低下頭去，床前有一團溼膩膩的腥臭的東西，模糊在地板上。唔！意識到這是血！

「謝謝老平哥的金言！但願皇天保佑，大保這孩子會馬上健起來……」老太婆勉強的笑著。

要再在這裡坐下去是不可能了。好像身上心上都有螞蟻在抓著，怪不安的。於是，勉強模模糊糊的搭訕了一陣，便溜似的，慌慌忙忙的出來了。

走到外邊，總算透過一口氣，一顆怔忡著的心又安定了。於是，自己是來牽牛的，這差事也記起來。自己花了許多氣力、跑了許多冤枉路，這倒滿不在乎；只是怎麼去交代哥哥呢？尤其是，尋到王大保後關於討錢的事一個字也不曾提，這話說給他聽準會發脾氣！但是，但是，要自己說也說不出一個理由來，總覺這時候便是響一聲也罷過的。

風很冷。路上沒有人行走。一簇簇的瓦屋擠得緊緊的，在昏沉的夜色裡連成一片。幽暗的燈光從窗戶裡漏出來，還可以聽到屋內的嘹亮的笑聲和談話聲，是大家都吃過夜飯的時候了。冷風打在臉上，不覺得。彷彿肚子也不餓。只腳步老踟躕著，沉重的跑不快，雖然心裡也想到哥哥也許等得心焦罷。

果然，哥哥已等得非常心焦。到了天黑還不回來，只好先吃飯。飯後兩夫妻在廚房裡喝茶，閒談，也提到老平的沒出息，做事老是懶洋洋的，不放在心上。看到他蹩進來了，哥哥就擺出一個做哥哥應該擺的架子和身分，沉下個臉，不高興的說：

「你怎麼弄到這時候才回來呢？牛牽來沒有？」

一時答不上，躊躇著，可也終於迸出了兩個字：「沒有。」

「為什麼呢？」冷冷的問。

老平要想解釋，但怎麼也解釋不出來。眼前又浮起一盞暗沉沉的慘綠色的煤油燈、一張霉臭的破爛的板床、一個呻吟著的垂死的病人、一個哀哀哭著的可憐的老太婆，和那一灘溼膩膩的腥臭的血！

「你說，到底為什麼？」

等老平花了許多氣力，說出他那個可笑的理由的時候，哥哥只用鼻子哼了一聲，冷笑著說：

「哼，你心腸真慈悲，會做好人！——不過一個人不要老是做傻瓜，也要張開眼睛看世界的；這時勢，要是你身邊沒有錢，那個會來供養你！而且小雲慢慢的大起來了，給他娶門親事，也得先積個三四百塊錢。不要老是一口黃湯灌下去，兩只耳朵就軟到像粉捏的，經不起三句四句的好話；別人只要哄哄你，就會老老實實的去上當！」

聽著哥哥的埋怨，也不辯。嫂嫂要起來預備菜飯，也推說肚子不餓；其實是不想在哥哥家裡吃飯了。等哥哥的氣憤稍稍平一點，就慢慢的憋出來，滿肚子的不快活和不自在。

回到家裡，小雲正伏在灶邊洗飯碗，洗筷子。看到爸爸回來了，就忙著問夜飯吃過沒有。老平點點頭，吩咐他溫一壺酒。同時覺得這孩子，才不過十三歲，也算他夠能幹了；會種地、會砍柴，也會挑水燒飯，也會侍候爸爸。不過，哥哥的話也是對的，人大了，也得趕緊替他留心一門親事。可是哪裡來的錢？自己是，不賭錢、不偷婆娘，一生規規矩矩，什麼嗜好也沒有；只喝口黃酒。難道就是這一口黃酒，把家境愈鬧愈恐慌，手頭也愈來愈拮据了？天曉得，於是，心裡有點酸，看看這勤懇的孩子也實在太可憐！

二

自從那天受了一肚子悶氣以後，老平就有半個多月沒有上哥哥家裡去的。本來這兩兄弟，性情，脾氣，行為，自來都合不攏的。雖然哥哥每年多錢，家道一天比一天的興隆；可是他那盤剝的勁兒，一個直心腸兒的老平實在有些看不過去。每逢別人誇揚哥哥的時候，總是搖著頭嘆氣：算啦，我寧可窮些！不過哥哥到底是哥哥，他又是一位地方上的大紳士，再加娘臨死的時候再三叮囑過，兄弟是拆不開的手足，就是大難到來的時候，也要兩條命合成一條命；所以每逢春漁先生吩咐老平做事的時候，還不是照樣的替他去做而且有時做得很周到，連春漁先生也覺得滿意；雖然事後總要不快活好幾天，黃酒也要沒來由的多喝好幾碗。

可是自從那天受了一肚子悶氣以後，老平真的下了個決心：沒有事，以後就不往來罷。反正分開人家，各人吃各人的，沒個牽纏倒心裡也自在些。哥哥的狠心腸兒實在看不入眼呢！

於是，沒有事，便踱到徐茂公家裡去坐坐。這老頭子，年紀七十多歲了，頭髮也疏疏落落的沒剩幾根了；可是他天生的少年性兒，又是和老平一樣的直心腸兒，因此兩個人很說得上。不過這老頭子境遇很悲慘：大兒子一直瘋癱在床上，老二被兵大爺拉去抬子彈，五六年沒有消息，一家婆媳兒孫十一口，全靠徐茂公和老三去掙扎：因此無論怎樣也周轉不過來。

春天慢慢的更暖和了。今天又是一個好天氣。僵了的樹枝蘇軟過來，又掛上怪顯眼的嫩葉兒。一隻啾啾啼著的麻雀，飛起了，樹枝便跟著在明亮的陽光裡顫巍巍的抖個不住。便是人，也只消穿件袷襖，手和腳都可以自由活動了。

吃過中飯，老平吩咐小雲上後山砍柴去；自己照例的打上門，踱到徐茂公家裡來扯白話。

這時徐茂公正在廊下扇著一個泥爐子，看見進來的是老平，就笑嘻嘻的頓著頭：

「喔呀，我們的關老爺，又是面孔紅紅的，真好福氣！」

「老叔，你我還說笑話嗎？論福氣，自然要算你。」

這話很中聽，徐茂公很得意的放下手裡的爐扇了。「老平，不是我自己說，論福氣，你真輸我遠啦。就算老大一直病，老二又沒有消息，我眼前還是兒孫滿堂的很熱鬧。不過，」臉上忽然露出了一團寂寞的苦笑，「拆穿來說，其實也就是更苦！」

老平坐下了。泥罐子上盤旋著一陣淡白色的水氣，傳到鼻管裡，怪焦苦的。

「什麼，誰又病啦！你不是在煎藥嗎？」

「還不是老大！昨天張聾子送了一料草藥來，說得死裡起身的靈驗。我想，反正死馬當作活馬醫，就讓他試一試罷。」

這時院子裡靜悄悄的；只有四五隻雞，聚在一棵老柳樹的腳跟，啄著泥。太陽晒滿了半個院子。雞的羽毛映著陽光像鍍上金，是怪顯眼地鮮明的。老平忽然悟到今天這裡為什麼怪清靜的，原來一個孩子也沒有看到。

「怎麼，你今天家裡的人呢？」

「我看看今天天氣好，吃過中飯，就吩咐她們嫂嫂弟婦三個，分頭看看山後那幾麥田去，要培土的就馬上培培土。後來幾個孩子嚷著也要去。我就說，你們都去吧，我一個人在家裡守老寨。」說到這裡，這老頭子嘆了一口氣：「看看這一家人總也算大家肯辛苦啦，可是怎麼也周轉不過來。」

「不要說你，人口多！就是我，只兩個人，也有這幾畝地，可是時時刻刻都很拮据。」

「真的，這不知是怎麼回事！」徐茂公忽然又高興，在一種愉快的回憶裡展開笑容了。「老平，你也四十左右的人了，總該記得三十年前罷，那時候，我們村裡家家都夠吃夠用的。後來，不知怎麼一來，大家都生了乾血癆，一年比一年的貧窮下來；到了現在，春天才過得半個，十家就有九家只好靠著高粱大豆過日子。老平，你也該記得吧，那時高粱是餵豬的！哈！」

「我怎麼不記得！我還記得……」

兩個人正說得投機又說得高興的時候，有人進來了。老平抬起頭，是哥哥，後面跟著那有名的潑皮癩頭大郎。於是老平就不再往下說，抹下個冷冷的臉，偏過頭，把眼光移到柳樹腳跟的幾隻肥雞身上。

「啊，春漁先生，你老今天怎麼有空過來？不是來找老平哥的嗎？」

春漁先生向老平看了一眼，也不招呼，就回過頭，正經的說：「不。是為公事來的。昨天縣裡有命令下來，要徵收自治捐，每個人半元，挨丁計算，限一個禮拜收齊，遲了就要我負責任的。徐茂公，你家裡一共十幾口？」

「什麼，什麼縣裡飼豬？出飼豬錢！」雖然春漁先生的話聽不真切，摸不著怎麼一回事；可是就只這一句，一個人又要收半元錢，就把徐茂公嚇慌了，臉色也急得緋紅。

「哈，走一家要解釋一家，真要命！」

春漁先生這麼咕嚕了一句之後，正想把自治捐的意思向徐茂公講解的時候，癩頭大郎攙進來開口了。他扭扭眉毛，扭扭鼻子，像煞有介事的，搬不過來的得意洋洋的說：

「怎麼，老徐，像你這樣眼闊耳廣的人，也會纏不清？自治，你懂麼？就是縣裡有命令下來了，說現在是文明世界了，我們不可以再做奴才了，我們可以自治了。就是這麼樣，我們只要村裡設起一個自治公所，就可以不用縣裡來管了。以後就是有官司事情，只要到自治公所去告訴一聲，由委員老爺一議，就按個天公地平的判下來了。現在，老徐，你總聽懂了。要你出的錢，就是做自治公所的經費的囉。」

「那麼，這樣說來，春漁先生，你是曉得的，我一向規規矩矩，不敢和別人拌嘴，吵架，用不著打官司的。我這一筆，懇求春漁先生給我豁免了罷！」

「公事公辦，這豈可有半點貓虎！何況同時黨部也有公文發下來！」春漁先生搖搖頭，翻轉眼睛不耐煩的望著天。

「對！黨部！黨部！」癩頭大郎又扭扭眉毛，扭扭鼻子，尖起了嘴巴，嚷。

這一來，徐茂公抓抓腮巴，急得手足無措的，連一顆白髮蒼蒼的腦袋也放不穩了。

「我們比不得別人家，春漁先生也很明白，有早餐沒晚餐的過著日子，便是幾角洋鈿也很艱難，怎麼拿得出這許多洋錢來……」

老平低著頭聽，一聲也不響，可是肚子裡已經老大的不舒服。再加看看老頭子那副可憐的樣子，紅漲著脖子喘不過氣，連眼淚也快要擠到外面來，全不像平日樂天知命的有說有笑的徐茂公了。同時又知道哥哥那老脾氣，凡是上面撥下來的差事，一向是雷厲風行，沒有磋商的餘地的；徐茂公這一番訴苦，也斷然不會有半句吹進他耳裡。他實在坐不下去了。於是默默的立起身，也不向什麼人告別，轉身往門外就走。倒是哥哥看見老平出去了，便用沉重的聲音在後面關照他：「等忽兒你差小雲送一塊錢來，不要忘記。」

在轉家的路上，心上著實像掛著一隻七上八下的吊桶。十一個人，五塊半洋錮，這老頭子怎麼逼得出來？自己手頭又沒有這許多現存的錢，可以借給他救急。哥哥又只曉得討好上司，連別人的性命也不管的！唔，就算老頭子自己拿得出來，也比挖去他心上的一塊肉還難受！五塊半洋錮，足足夠他一家人兩三個月的開銷了，叫他怎捨得！於是，連老平的心神也弄得有些恍恍惚惚了。

「老平叔，你上那裡去了？」一個親熱的聲音把他喚醒過來。是王大保。病後的臉色很憔瘦，紫裡泛青的。頭髮又很長。穿著一件打滿補釘的舊裌襖。肩上擱著重重的一擔青柴，約摸有一百多斤罷。氣喘喘的，彷彿走不動路。

覺得有點奇怪，怎麼今天王大保不耕田去。正想問，可又忽然記起了，就是那一天，自己走後不久，哥哥就另外差人去把那頭禿毛牛牽來了。於是，不禁面孔一紅，覺得有幾分不好意思，只支吾地說：

「轉家去。」

「那天承老叔來看我，心裡真有點過意不去！本想早就來謝謝老叔的，因為天天上山，所以一直不曾得空。」王大保索性歇下柴擔，恭恭敬敬的說。

懷著不安的心情應酬了一會，老平就轉家了。這時小雲也已回來，打了一盆冷水，在洗腳。老平從肚褡裡掏出三塊熱烘烘的雪亮的洋鈿，皺著眉毛摩撫了一回；然後將其中的一塊放在板桌上，另外的二塊，仍舊塞進肚褡裡去。

「洗好腳，你就上大伯家裡去走一趟。要是大伯不在家，就拿這塊洋鈿交給大嬸娘。」

三

第二天，老平不好意思到徐茂公家裡去，就上麥田走走。嵌著大塊的白雲的天下面，看看這一屬於自己的方塊的田，這碧綠的張著肥大的葉的密密生著的小麥，老平就手輕腳鬆的拿起鐵鏟，工作起來了。過一陣，又靠著田塍坐下，歇歇力。回來的時候，太陽掛在西邊山坳上，又大又紅的，像一個血盆子，已經快到傍晚了。

春天一直閒，所以今天只做了這麼一些些事情，只不過略略培了些麥泥，便覺得腰骨，背脊，都有些酸脹，一把鐵鏟放在肩上，也彷彿很沉重了。幸虧已近清明節，便是晚風也很和暖，倒提起了不少的精神。

回來必須先經過村外桑園旁一座小小的茅房，王大保家的門口的。這小子，平常真瞧不出他有這麼一個好性情，也懂禮。反正時候還早，家裡也是怪氣悶，怪乏味的，乘便就進去坐坐吧。可是還沒走到他家前面，老遠就看到兩扇板門緊緊的掩著。大概這刻還沒下山來，這小子也真勤！那就不必進去打擾他姥姥了。於是也就懶洋洋的走過去。

可是忽然從這茅房子裡傳出一陣喧鬧的聲音，彷彿好多人在爭執著；而且立即又靜下了。唔，原來已經回家了。於是，老平也打住他那往前的腳步，而且蹩轉來。可是，別人也許在家裡商量著什麼事情呢，那怎好冒昧的推門進去。

在門外躊躇了一會。想聽聽到底誰在裡面，是否可以進去的。可是聽過去，裡面彷彿有許多人的聲音，費了很大的氣力，才勉強壓低的，非常不自然不習慣的聲音，在十分起勁的的談論著。而且，連嗣民小學校裡的王先生也在內；那一口沙沙的紹興聲音，不正就是他嗎？於是，老平心裡奇怪起來了：王大保這小夥子，平常很少有人肯和他往來的；而且這地方，又偏僻，又冷落，今天怎麼會聚上這許多人，甚至連王先生也在內！

把肩上的鐵鏟倒豎在地上，手靠鏟柄的仔細一聽，事情是更糟了。老平的心禁不住噗噗的跳著；兩個腮巴也發熱了。

「我實在忍不下去了！說做就做，我們沒有什麼屁事情再要商量的！我主張馬上大家分頭去召集人，他媽的，今天晚上就幹！」是王大保的忿忿的聲音。

「對啦！我贊成你！他媽的！這狗生活……」彷佛是毛頭。

「不過，不過，我還有一句話要說。這件事可不是兒戲的。我們大家還得再想一想呢。萬一果真鬧下來了，要是以後縣裡派兵下來，我們怎樣對付呢？這件事，這件事，可不是兒戲的，我們大家得事先商量好一個辦法。」一個人噏囁著說。

（唔，原來徐茂公的兒子也在內；這說話的不就是老三麼！）

「亂說！——我們不是有那麼一句古話：火來水淹，兵來將擋；他媽的，我們怕什麼！」挑腳的拖油瓶斥責著。

「老三，你真會過慮呢？大概擔心你那個巧媳婦兒，同你那頭黑牯牛，怕兵大爺會來抓了去！」（聽不真這是誰說的俏皮話，有點像，又有點不像阿羊胖子的聲音。）

「不！不！我不是那樣的意思……」

「你們不要爭論，徒然嚷的熱鬧是不中用的。讓我來發表一點意見。我覺得老三的這一層過慮，完全由於他沒有看清楚我們這一次拒絕自治捐，絕不只是黃村一個地方的反抗，而是全縣的，甚至全省的，農民大眾的一個有計劃有組織的解放鬥爭的一部份。我剛才不是報告過麼？東鄉，西鄉，南鄉，都決定在這兩天以內一齊發動。縣裡兵很少，總共也不過百把個保安隊，真像拖油瓶所說的，我們怕什麼！雖然他們有快槍，有木殼槍；可是我們也有我們的土槍，土炮，耜頭，鐵鈀，而且我們有的是英勇的農民大眾的血和肉！況且兵大爺也是窮人出身，個個都是農村裡破產的農民，沒飯吃，逼不得已才去吃糧的；而且吃了糧又老不關餉，仍舊度著飢寒交迫的生活，倒多了一個隨時可以送命的機會。所以我們對於兵大爺不必怕，當然更不能當仇人看待的，而是要好好的向他們宣傳，叫他們反正過來幫助我們，也就是幫助了他們自己。現在我們不要再爭論這些枝節的問題了，大家好好的用腦筋想一想，怎樣來有計劃的布置明天的事情。」這是王先生的聲音，堅決的，又充滿了力的。

（剎時間茅屋裡靜到鴉雀無聲了。只桑園裡的嫩綠的新葉，簌簌的，在晚風裡輕輕的響。）

「你們說，到底怎樣布置呢？」王先生又熱情的催促著。

「我倒有個想頭在這裡，我說，把我們的人分成三大股，一股到朱家橋去包圍警察所，一股到陳埠去包圍鄉團。天沒亮就出發，乘他們還睡著，就神不知鬼不覺的把快槍繳下來，另外的一股，就留在村裡消滅土豪劣紳。」

「我完全同意得標的意見。不過還要補充一句：我們應該發表一篇宣言，說明我們這次鬥爭的意義和精神，並宣告土豪劣紳的罪狀。」王先生沉重地說。

「他媽的！我說，第一個先揍死春漁那老剝皮，那狗的東西！」又是王大保，遏不住悲憤的自言自語著。

老平中酒一般的，昏昏暈暈的聽著。聽一句話，額角上飽綻著的一條條的青筋，和胸膛裡那一顆緊漲著的心，也跟著跳一下。此外什麼感覺都沒有。大概老平也被一時間過度的刺激和興奮奪去知覺了。一直到王大保嚷著要揍死他哥哥，才忽地吃了一驚，兩只腳本能地跳起來，澎的一聲響，一把鐵鏟跌在地上了。

於是人也明白過來。同時被一種恐怖抓住了他的心：彷彿高山要崩下來，海水要淹上來，一陣飛沙走石要狂奔過來的樣子。忽然間，滿個臉孔都滲出急汗，氣也喘喘的塞上喉嚨了。接著橫在地上的那把鐵鏟也無暇再去拾它，慌慌張張的拔起腳就往村子裡飛奔。

這怎麼了得呢！哥哥的性命就要完結了！明天一清早，王大保會帶領了許許多多高大的漢子，拿著土槍，土刀，鐵耙，耜頭，打開大門，一哄的蜂擁進去，從床上拖出睡著的哥哥，用一根粗大的麻繩捆在廊柱上，這時哥哥的面色駭得像紙灰一樣蒼白了，抖顫著牙齒懇求饒命，可是王大保一聲也不睬，只睜著一對殺氣騰騰的眼睛，把他平常所做壞良心的事情，一件件的告訴周圍的人們，說完了，就從腰邊抽出一把雪亮的竹葉尖刀，嚯的一聲刺進哥哥的胸口裡，再往下一扳，於是一股急水似的鮮血飛迸出來，接著便流下塗滿了血的腸和胃……

唔！這就是自己的哥哥！平常雖然和他合不來，但究竟是同一個娘胎出來的嫡親的哥哥呀！娘臨死的時候是怎樣叮囑過來的！娘是含著眼淚苦苦地叮囑過的呀！那時娘快要斷氣了，挺在上房裡的一張大床上，特地差用人把哥哥和自己喚進去，用她那已經散了光的蒙著兩泡老淚的眼睛望望這一對親生的兒子，轉動著她的快要僵硬了的舌頭，斷斷續續的說：「……我死了以後……你們兄弟……千萬要和和睦睦的……齊心合力的做人家……外人總是難靠的……親兄弟才是拆不開的手足……我死了以後……你們要兩個人拼成一個人，兩顆心合成一個顆心……就是……就是……大難到來的時候……也要兩條命合成一條命……要記住……我娘的話……那麼……那麼……我做娘的……在地下……也是……安心的……」

唉！這怎麼好！怎麼辦法呢！馬上去告訴哥哥，叫他星夜避走罷！但是他那個脾氣，怎麼忍得下這一口氣，一個堂堂的紳士倒給王大保那夥人嚇跑！要是不肯依，那怎麼得了！那怎麼得了！自己將來那有這麼個臉皮去見娘！……

老平用盡氣力飛也似的奔著，可是其實他的腳步卻比平常都更慢，只是蹌蹌踉跟的蹶著。黑夜沉下了，他彷彿全不覺得；旁邊有人走過去，甚至招呼他，也沒有聽到。眼前晃起一陣模糊的血影：哥哥赤著身子綁在廊柱上，肚子已經破開了，血伴著腸流下來……

奔到自家的房子裡，就跌似的往一把椅子上撲下去。接著就嚷：

「酒，酒！拿酒來！拿酒來！」

小雲先是一怔，怎麼今天爸爸弄出這麼一副奇怪的樣子，光著眼睛向半空裡釘著，一動也不動，怪可怕的。一時倒不敢開口。但大伯已經來過三次，最後一次甚至罵人了，那這事怎麼再能挨下去。於是膽怯怯的走攏去，輕輕的說：

「爸爸，大伯來過次三了，叫你回來馬上就去，有非常要緊的事情和你商量。要你酒也不要喝，馬上就過去。」

「什麼！什麼！」老平跳也似的站起來，椅子也被他踢翻了。

就在這時候，大伯又進來了。皺緊了眉毛，拖著個鐵青的臉，顯然是怪不安的樣子。看到老平已經回來，他便連「你上什麼地方去鬼混了這許多時候」這照例該有的小小的責備也不說，三腳兩步的搶到老平前面，急急地說：

「你知道麼，村裡已經不得了！那些狗的東西，受了嗣民小學校那姓王的混帳的煽動，藉口拒絕自治捐，預備明天早晨就要暴動。傍晚我已經派癩頭大郎上縣裡請兵，大概四更天氣準得趕回來，不過那些狗東西很難說，也許今夜就會胡鬧起來，我不能不有個預備。剛才我叫小麻子去召集我那些佃戶，想成立一個臨時的民團：誰知那些狗東西個個都是黑良心的，非但不肯來，倒把小麻子打得個半死的。這樣一來，反而弄得風聲愈緊了！我自己又不能走開。要是一走，村裡馬上會鬧得一塌糊塗，第一個倒楣的就是我的家裡——不過現在大概總還不妨事。現在你拿了我的信，馬上就到朱家橋去，請張所長把所有的警察派來——先拿姓王的混帳開刀，做個下馬威，也好叫那些狗的東西寒寒膽。等縣裡的大隊一到，他媽的，把那些狗東西殺他個雞犬不留，也好出出我這一口冤氣！——現在你馬上就去，不要誤事。」說完了匆匆忙忙的就走；可是到了門口，又回頭重新鄭重叮囑了一句：「你馬上去，不要誤事！」

老平跟著也蹌蹌踉踉的出去了。兩個人的路是分頭的。天已經昏黑了，也沒有拿燈籠，沿著白晃晃的石路茫然的走著。現在老平的慌亂的心又被另一種恐怖抓住；眼前彷彿橫著許多血肉模糊的屍首，絆住了他的腳。

天！這又怎麼回事！自己怎麼好到朱家橋去報告！要是警察一來，便馬上會拿斯斯文文的王先生開刀，這成什麼話！而且，到了四更天氣，癩頭大郎會帶了許許多多兵大爺從縣裡下來。於是，這就更悲慘，那怎麼得了！兵大爺一定會不分皂白的，殺人不怕血腥的，深更半夜的殺起來。到明朝天一亮，村子裡就躺滿了許許多多的屍首：有的砍下了半個腦袋，有的流出了肚腸，有的血肉模糊的剁成了肉餅子，有的只劈斷了一隻手臂，還在可怕的叫著！在路上，在大樹下面，在茅房子的門前，在菜園桑園裡，到處都躺滿了屍首，流遍了血……而且，這也一定的！天！這真怎麼說！那時候哥哥心裡一定很得意，瞧著這些屍首呵呵的笑著！……

而且，而且，這許多屍首中間，一定有王大保，老三，毛頭，拖油瓶……這些都是村裡最勤懇的好百姓呀！平常不分熱天冷天，都是起早落夜的做著，掙碗苦飯吃吃的。待別人，也都是頂忠厚，頂和氣，只會吃虧，不會得罪人的。天！這可怎麼成！把村裡這許多好人都冤冤枉枉的送進枉死城裡去！

而且，而且像老三，要是他一死，啊呀！徐茂公這一家人也都活不成了！這老頭子，他自己說過，一生最怕的就是見官，見紳士，見兵大爺。要是今天黑夜裡兵大爺闖進他家裡去，這一急，準會把這老頭子當時翻了眼昏過去！等到他醒過來，兵大爺果然不見了，可是，天！他的老三已經剁成四五段，血肉模糊倒在廊下！媳婦們都圍在老三的周圍，抖著，號啕著。於是，這也是一定的，這老頭子呆呆的一句話也不說，就一頭向廊柱撞過去。這一來，就是不死，也準定變得瘋子了。而且像王大保的老娘，毛頭的瞎了眼睛的祖奶奶，阿其的啞巴老婆，許許多多的女人，小孩，就是沒有被兵大爺剁死，也一定會在一二天內自己尋死的！就是沒有尋死，以後也一定會餓死，凍死的！……

但是自己又有什麼辦法呢！哥哥的壞心腸兒是頂狠的，你說爛了舌頭，甚至哭著求，跪著求，也不中用！

天，怎麼辦呢？——而且，就是自己不去報告，一等到四更天氣，兵大爺就從縣裡殺下來，這麼得了呢？……

昏昏暈暈的走出了村子，正是老平慌亂得沒有辦法的時候，忽然下了個決心，緊緊的咬住牙齒，睜著一對發光的眼睛，站住了。

天！我只能這麼辦！我只能這麼辦！於是老平拿手掌向胸膛一拍，在昏黑的夜裡發瘋似的喊了起來：

「娘，你聽著！哥哥惡也作夠了，就是死了也冤不得人！我是萬萬不能夠再幫著哥哥作惡的！——哥哥雖然是自己的親哥哥，可是他是頂壞頂壞的一個人，而且是村裡所有老百姓的仇人！他們平常吃著哥哥的苦，連氣也不敢喘一聲。現在活不下去了，要起來和他拚個命。這是對的！我怎麼能幫著哥哥去作惡呢！而且我也是一個苦人，我同他們是合著一條苦命的。沒有他們我也活不下去！——娘！你不要這作惡的兒子罷，我也不要這作惡的哥哥，現在我要去告訴王先生，縣裡的兵就要殺下來，叫他今天晚上馬上就幹！」

接著老平就回過腳步，向嗣民小學校那方向飛也似的奔著。

意外

槐三先生拖長了下巴，獨個兒悶在客堂裡。看看太陽又從西窗邊打斜，慢慢的落到窗下，整整的一天又快完了，得福老頭可還沒回來。難道半壺酒，一盆雞，幾句花言巧語，灌得這老猢猻人事不省？還是和去年一樣，又鬧了什麼亂子？鬼曉得！

悶不過，一個剛放下的白銅水煙筒，又伸手捧過來，燃上了一個紙煤。滿地都撒滿菸蒂了，新的又吹下去，滿屋子都滾滿了灰白色的濃霧。像患熱病的無力的又焦躁的呻吟著，從兩個乾躁的鼻管裡不斷地「唔唔」的哼出個怪難聽的聲音，槐三先生捧著水煙筒在房裡來回的踱八字步。低著腦袋，皺著眉毛，失神似的光著黃裡泛白的眼球，彷彿向地板生氣。踱著，踱著，一不留心，他的禿頭忽然撞到一根床柱上。疼痛倒不覺得，只一驚，幾乎水煙筒都摔落了。

於是心境更撩亂了。也不管紙煤還在燒，拿水煙筒往條幾上一擲，「嘭」的一聲響，客堂裡起了一陣空洞的回聲。這時一隻小花貓剛探頭進來，給一嚇，又夾著尾巴悄悄的縮回到廊沿。他也便一肚子的不高興，去躺在一張籐椅上面。

「唔，去年荒，還說得過人情；要是今年再囉嗦，那還了得，豈不是連國法都沒有麼！」夢囈似的，從牙齒縫裡自言自語的咿嗚著。

可是又不敢真想到這上頭去，真像一個生病的人在黑夜裡走路，怕鬼，又怕想到鬼。「沒有的事！沒有的事！一定老頭又給灌醉了黃湯！」

「爸，爸。」忽然籐椅旁邊嗡嗡的響了起來。懶懶的睜開眼皮，毛囡光著眼睛站在身旁。

「吵什麼？」

「媽，媽叫你去。」

「什麼鬼事情纏不清，一天到晚沒有個完結的時候！」氣沖沖的一骨碌從籐椅上坐起。

可是媽媽這時候已經站到他面前了。一個冷冰冰的臉，彷彿預備和他來吵架的。

「錢拿出來，阿炳哥今夜搭夜航船到杭州去。」

錢，錢，什麼都要錢，地梗費，田畝捐，自治捐，保安捐，省公債……一筆完了又一筆放到眼前來，要短少一文也不饒放的。租谷呢，要欠，要減，年年有花樣，而且谷價又賤！這時勢，還要縫什麼新衣服！正想發脾氣，可是一抬頭，媽媽卻翹著嘴巴在那裡等他拿錢出來。這女人，越老越不懂事！可是你和她講理也沒有用，她總把當家的看作一個錢櫃，裡面裝滿了許多鈔票，只是不肯給她。每一回都又凶又潑的要吵到你頭昏腦漲。

「好好，夜飯吃過來拿。」槐三先生又去捧起水煙筒。

媽媽還嘰嘰咕咕的嘮叨著，可是看看爸爸今天的臉色也不對，只好攜著毛囡出去了。

「等我回了老家以後，看你們可還有這本領能夠浪費浪用！」在後面吁出了一口氣，滿口的煙模糊地瀰漫在眼前。

得福老頭氣喘喘的回來了。焦急到進了門連招呼也不打一個，便一直往客堂裡奔去。

是傍晚了。在這八月末的秋天，沒有陽光，房間裡便顯得幾分陰沉，也有幾分涼。老頭一屁股坐到椅子上，直著眼不開口，只透不過來的透著氣。一個光禿禿的腦殼，也彷彿還冒騰著稀稀的白霧似的東西。槐三先生巴望到此刻，只在等候老頭的回來，現在見到這副怪樣子，倒也一時間楞住了，不知怎樣開口。

「完啦！完啦！」老頭壓扁了嗓子怪聲的嚷。可忽然間人又安靜下來，恢復他的常態了。慢慢的站起身，垂頭喪氣的踱到主人面前，沒氣力的，低聲的，湊在槐三先生耳邊說：

「二先生，光景不對呢，比去年還更糟！——我先到阿狗的家裡，正是中飯邊，阿狗嫂也不像先前那樣捧著一壺熱酒巴結我，倒叫我一個人在灶間裡。等到問起租谷，二先生，你也萬萬不會料得到罷，阿狗就扳起一個無賴的面孔，說今年雖然稍稍熟一點，可是最多也只能繳個對折，餘多的要養家。後來接連走了六七家，都是一個屁眼出的氣！我拍著桌子發氣了；他們也不怕，反而只笑笑——二先生，你不要急，讓我把他們那些狗屁話傳給你聽聽。」

「你說，你說！快點！」

「二先生，你知道他們說的什麼狗屁話！他們說穀子是自己用氣力換來的。一年到頭吹風淋雨晒太陽，便只收割得這麼幾籮穀子。要呢，打個對折拿回去；不要呢，那最好，留到明年春間，一家老小也好少吃幾頓糖糕。而且，真是狗屁之極！

還說這老剝皮，就是說你二先生，一向不知刮去了我們多少汗血的穀子，現在明白了，不願意再做這傻豬猡，拿自己的肥肉去喂人。而且，真是豈有此理的！還說要打倒……」

「嘿！什麼話！那還了得！」槐三先生霍地跳起來，接著的一聲響，兩只腳又直挺挺的落回到地板上。要是此刻水煙筒捧在手頭，那保險摔成了一隻扁銅鴨。

「哎，反啦！反啦！——十八年省政府明令減租，也只不過說說，減個二五，事實並沒有實行！今年大熟年，想只繳個對折，那還成什麼話！——好！要打倒我！看！到底誰打倒誰！……」

話說不上了。臉色氣得鐵青，鐵青的。十個手指索索的抖著。牙齒也格格的顫個不住。中風似的，頹然地倒在籐椅上。

得福老頭也著慌了。覺得自己不該這樣大意的，一口氣，冒冒失失的把那許多狗屁話都傳給老東家聽。也難怪老東家氣到這模樣。幸而嘴巴算有分寸，留住了那句話：要是一不留心連那一句話都迸出來，那不是會把他活活的逼死！這些沒良心的佃戶們，真是該殺！倘使自己現在有權在手，那一個個都剝光他！

現在，你看槐三先生一隻死蝦蟆似的躺在籐椅上，喘得上氣接不住下氣，還有一口濃痰在喉頭咽碌碌的打滾，甚至連鼻子也無力的個不了。唔，要是氣出一場大病來，或者竟有個山高水低……那可怎麼得了，這責任自己還負擔得起！得福老頭也急得人發昏了。

「二先生，二先生！」把嘴巴哺到老東家耳邊，輕輕的又提心吊膽的喚著。可是這口濃痰終於嚥下去了。人也清醒過來。坐起身，夾著嘆息的搖了一會腦袋。接著，吩咐得福老頭把水煙筒捧過來。

在這陰暗的房間裡，這本來瘦弱的槐三先生的下巴，顯得更尖削，更拖長了。眼瞠也一時間陷下不少。彷彿病後才起來的樣子。

剛才那股暴躁的火氣慢慢消失了。倒是被一縷半憤怒半憂愁的悶氣塞住了心。覺得今年第一趟派人去收租，就碰到那些惡蟲的搗亂；要是不懲辦，以後五百畝地的租谷還會有影子？而且，多放肆，說那些屁話！這口冤氣真怎麼嚥得下！不過，你們雖有這賴債的胡賴本領，自己可也有這討債的閻王手段。唔，讓老爺放出通天的手段來，准許這麼辦罷。叫保安隊明天一清早就到西公莊去下鄉，把那些惡蟲一個個的捆來，也好叫別的佃戶寒寒心。而且要關照保安隊長拿為頭的幾名結結實實的做一頓，也替自己出口氣！要不然，自己年年花這許多什麼捐，什麼捐，纏不清的捐，好處在哪裡？就是這類差事他們會幹得巴結到你心窩眼兒裡。於是，主意一打定，心便寬，精神也忽然振作起來。

「老頭，這事你幹的，你自己說罷。難道讓那些惡蟲白白的賴去嗎？」又是元氣十足的鎮定的聲音了，態度也變得從容，大方，而又莊嚴。把一口濃痰吐到空中；跟著這一團灰黃的濃痰，看到了得福老頭那怔忡不安的愁苦的面孔。

「那當然，二先生，要重重的依法嚴辦。可是……」不知怎麼說好。要待不說呢，等將來事實拆穿了，這個大釘子可沒人受得了的；而且也沒有這理由，事前知道了不告訴老東家的。要是坦白的說，這一氣，老東家又會昏過去，這可不是玩玩的事情。

「『可是』什麼呢？不要扭扭怩怩的像女人家說話。」於是抬頭向窗外瞧了瞧，接著便撅起嘴巴，「你去把洋燈點起來罷。」

答應著，便點上洋燈。在明亮的燈光裡，槐三先生用催促的眼光等候著老頭的回答。可是老頭還是嚅嚅囁囁的：

「二先生，我真不好意思直說。」

「你放膽說，不妨事的。一切事，自然有我會承當的。」這時毛囡進來問開夜飯了。一瞧見，便又記起剛才母女兩個的那股囉嗦的討厭勁兒，於是沒有好聲氣的回答著：「出去，要開夜飯自然會叫喚的。」

「那麼，二先生，你聽了可不能動氣的呢。」老頭勉強鼓起了自己的膽量，冒險的喃喃說。「我到西公莊跑了五六家，看到每個佃夫都說的那一套屁話。我就知道這裡面一定有人搗鬼的！後來仔細一打聽，原來他們是存心抗租的；而且做頭的，就是，就是二先生的，二先生的令姪谷剛……」

話沒有完，不知怎的心就噗的噗的跳起來。於是便忙著偷瞧老東家的臉色，變了沒有？果然，兩個鼻子管翹得高高的，唔唔的哼出大氣來。而且剛捧起的水煙筒也呆托在手裡不吸了。不過，幸而這一回人可沒有癱下來。只是把兩道疏疏的眉毛盡往中間擠，幾乎擠在一起了。悶過了好一會兒，方才搖頭嘆氣的說：

「這逆子！這逆子！十八年我看家兄的陰靈面上，不忍他斷嗣絕種，才好容易輾轉託人去保了出來。那知道，他的賊心至今未改！」

得福老頭的這一顆心專一的看護著槐三先生的臉色。看到槐三先生把嘴巴一翹，懂得老東家這吩咐的意思，便連忙去抓了一根紙煤，擦上火，恭恭敬敬的捧上，槐三先生站起來在房間裡兜圈子，腳步沉重而又遲緩。大家沉默著，被一種奇怪的嚴肅的空氣窒住了呼息。只燈光怪明亮的，吐著快樂的火焰，真有點顯眼到看不過去。老頭把燈光略略暗一些，才爽眼了。

「你說，怎麼辦呢？這逆子！這逆子！」槐三先生忽然自言自語的說著。然而老頭是理會這嘆氣的：這時老東家正在氣憤，發急，又為難，又沒有辦法；同時老頭也想到養兵千日，用兵一時，這可不正是需要你做下人的湊上去替主人解圍的時機。

辦法是有的。當時路上便想了一個錦囊妙計。擒賊先擒王，只要放出那一手，包管那些壞痞子以後個個都貼服。只是不好說。可是你又不能老啞著，光瞧著老東家那副為難的勁兒。老頭只好當作沒聽見；看看紙煤快完了，便又燃上一個新的捧過去。

接過紙煤。可忽然又把紙煤和水煙筒一齊放下了，「咳，老頭，你看怎辦？這逆子恩將仇報，居然和我搗亂！」

不知道怎的忽然老頭膽大了。也許這樣一個錦囊妙計梗在肚裡也怪不舒服的。他把嘴巴哺到老東家耳邊：「我想，令姪不妨嚇他一嚇，明天請保安隊送到縣裡去。那麼，蛇無頭不行，一天大事便煙消霧散，那些壞痞子也不敢再強硬了。這是我的鄙意，不知二先生以為怎樣？」

「我想，也只有這樣辦！真是家門不幸，會生出這樣的逆子！不過，我總覺得有點對不住地下的家兄家嫂，他們辛苦一世，只留得這麼一個孽畜！」

「那也不見得。如其留個禍根在世上作惡，倒不如沒有，大先生睡在地下也好安心些。」這乖乖的老頭多會看風色，瞧見槐三先生邊聽著自己的話，邊頓著下巴，同時眉目間那種氣色也舒暢了不少，知道自己的話一句句都打中老東家的心竅了；於是嘴巴自自然然的變得更伶俐，更進一步的巴結到老東家的心窩眼兒裡去。「二先生，這個我也懂得，眼看嫡親的姪子作歹作惡，你做大人的自然也怪心痛的；不過，二先生，恕我老頭說句狂話，像這樣亂紛紛的時勢，你老人家也不該再婆婆心腸的對待本家了。就單只為了地方上想想，你做村長的，也該出來承當這一個擔子。」

真的，得福老頭的話一句句都中聽，槐三先生這才鬆過一口氣，心上放下一塊重重的石頭了。覺得老頭到底是個伶俐鬼，一箭便射透了自己的心思。而且虧他說出那麼許多大道理。真的，要是他不開口，自己一時倒不好意思說出來？雖然這壞胚子近來興風作浪的專做壞事情，累得許多紳士都來登門告訴，而且就是為自己想想，也正該想法拔去這眼中釘；可又到底是嫡親姪子，又是分開人家，你怎能憑空的去撩撥他？好，現在來了這麼個機會，恰巧又是老頭出的主意！這可真做鬼也冤不到自己！於是把西公莊那些痞子賴谷的事情反而忘到腦後了。他閉著眼睛沉吟思索了一會，接著便擺出個正正經經的臉，裝著憂鬱的樣子囑咐老頭：

「我想，這逆子，要是將來萬一有個山高水低，也只好怪自己不爭氣；我做叔叔的，老頭，你才曉得的，總算盡過人事，十八年替他保釋過一回，就是做鬼也對得住地下的家兄的——那麼，現在老頭，這件事我就重重的托咐你了。事不宜遲，你今天星夜就到縣城裡去辛苦一趟罷。」

「當然當然——二先生，你不要瞧我的老腿瘦，只要是你老人家的吩咐，就是跑個三天三晚路，它也不會叫聲瘦疼的。哈，你可信？」得福老頭總算也放寬心事，笑也有，笑話也有了。

可是槐三先生卻還沒有到這真好開心的時候呢。他又自家躊躇了一會。接著，便這麼鄭重地補充著：

「不過，老頭，第一，你千萬，不要事前走漏了風聲。那小子的兩只毛腿可真會溜，又到處有路走。第二，我仔細想想，覺得縣裡最好還是由你出面報告。」

「好的，好的。我就依照二先生的意思去行事罷。」得福老頭知道老東家一向就這麼個脾氣，凡事都怕出面。就是十八年去保谷剛，這是二先生生平最得意的一篇好文章，可是誰不知道實際上還不是為了谷剛就要罪滿開釋，落得做個順水人情，才出面託人去保他呢！不過此刻自己可不好推託，而且，也不想推託，為的幹完這件大事，一番小小的酬謝，那是一定會給他的。

現在槐三先生才覺得天色已經很晚，踱到房門邊，瞧見檐角上面影著許多朦朧的星星。於是肚子也開始咽碌咽碌的叫著，是非常的飢餓了。他就站在房門口大聲的叫喝著：

「快點，夜飯開上來！」

這一餐夜飯吃得非常有味，比平日多加了半碗飯，不過晚上可始終恍恍惚惚的沒有好好的睡著。

打發得福老頭出門以後，本來心境寬舒，眼界也清明了。可是媽媽又進來冤了一場，硬巴巴的冤去了廿塊錢。到夜裡，這女人又一翻身便呼呼的睡去了。槐三先生的小肚子有點脹，身上又癢癢的很難受，在枕上翻來覆去的鬧得腦筋也慢慢的發漲了。再加外面風很大，狗聲又淒厲，在黑夜裡聽去，彷彿真像有冤鬼在那裡啼啼哭哭，叫人想到自家的虧心事上去。聽著聽著，不覺打了一個寒噤。於是，這麼一來，不知怎的變得很清醒，竟一點睡意也沒有了。

探頭到帳外瞧瞧，雖然一片模糊的昏黑，彷彿也有些微的白光從窗口漏進來，陰慘慘的。於是又把腦袋颼的縮回被窩裡。

接著，便聽到一陣淒涼的竹梆聲，在夜的靜默裡，噹噹的從村頭敲過來。唔，已經二更天氣了。驀然間，想起得福老頭該早到了城裡罷。

對，吃過夜飯到現在，整整的三個鐘頭過去了，得發老頭該早已會到保安隊長罷。也許見到自己的名刺，陸國雄隊長就星夜帶隊下鄉來；也許要等到明天早晨才動身。不忙，最遲明天中飯以前就會見分曉的。不過，谷剛這逆子果然是該死，村莊裡面的紳士們可不能不馬上邀一邀，說明一說明這回事情的經過。可是怎麼說法最體面又大方呢？當然，這是為了合村的福利和平安，自己才含著淚忍著心痛來做這一回大義滅親的事情，如得福老頭傍晚所說的！不，這還是不妥當！這是一個不好聽的話柄！要周到，還是仍舊由老頭出面，說是聽到許多人的報告，又經過一番詳細的調查，才知道谷剛這痞子確實勾結了土匪，還預備在村子裡暴動。於是不得已只好事前毫不聲張，悄悄的去城裡密告；雖然動身的時候曾經來稟告過自己；而自己不得已也只好同意，當時還不知流過多少痛苦的眼淚！大滴大滴的，夾著怨憤夾著嘆息的，痛苦的眼淚！——對，要這麼辦法才完全放心得下呢。

於是，在這黑洞洞的帳子裡，這老成陰謀的槐三先生非但不想睡覺，甚至變得異常的高興了。哈！要打倒我！明天看，到底誰打倒了誰？到底誰的性命了結在誰的手裡？要是以後有人再敢那麼嚷，那不等他嚷出聲，便送他回老娘家裡去打倒他的媽！哈哈！……

興沖沖的得意的又胡亂的想著。想到這，想到那，想到谷剛這傲小子到牢監裡還一定瞧不起自己，不會有信給自己；就是有信來，一面悔罪，一面就懇求自己去設法營救，那也當然不理睬；想到以後就是遇到荒年，那些佃戶也一定會十足的把穀子擔來；最後想到谷剛那份產業，那當然歸自己。一直到三更天氣才朦朧的閉上疲倦的眼皮。

可是過不了多久，秉良先生和志雄先生進來了。一見面，便彎躬曲膝的打拱。同時兩個人一齊滿臉堆笑的說：

「恭喜你，老二，替我們地方上除了一個害蟲。」

「不，不……」紅著臉，正想辯明這是得福老頭幹的事，自己因為沒辦法，不要你家裡養出了這樣一個十惡不赦的逆子，所以也只好同意的時候，秉良先生忙著又攔住他的話：

「不過，我們有點小事情要和老二商量商量。」

「好的好的，你兩老有什麼大事要吩咐我？」見到別人那麼客氣，槐三先生也只好笑著說。

「就是從前大家提過的，」志雄先生攙了他的手。「因為近來四鄉不安靜，我們鄉里最好也能夠辦一個民團，不過因為沒有固定的經費，就一直延擱下來。現在我們兩人商量過，其實合村人都同意的，就是令姪谷剛已經判決無期徒刑了，他那份家產沒人管理，不如捐出來充作民團的經費。我們就為這點小事情，來和你老二商量商量的。」

「而且，像你老二那樣大的財產，倘使村裡不弄個民團守衛守衛，每天走路也要提心吊膽的，不是麼，未免也太辛苦了。」

像一盆冷水澆到頭頂上，這一來，真是從天空掉下一個意外的岔兒！嚯，原來這兩個長手物打算要在自己口袋裡揩一筆油水去，圖謀瓜分這一注自己已經到手的財產！那可怎麼成？於是槐三先生只好沉下臉來，冷冰冰的說：

「本來不必你們二老開口，捐給公家也是應該的。不過家兄留下的幾畝薄田，差不多被谷剛這逆子揮霍完了；就是現在剩下的一些些，也因為家兄的廬墓荒蕪日久，要好好的替他修理，收拾。所以二老的這番美意，做小弟的只好心領了。」

不料這肥肥的一盆肉，槐三先生竟慳吝到一毛也不拔，連油水也不讓人沾光些，這二老便大失所望了。於是也立刻翻下臉，生氣了。先是秉良先生冷笑著說：

「老二，做人也要自己知趣的，好花全仗綠葉扶持，不要以為一有錢，便一定也有勢！——本來反動分子的遺產照例一律充公，用不到先瞎關照你；我們今朝來和你商量，也是抬舉你，那知你一點也不識相！」

「噲，秉翁我們走吧，我們可沒有這多閒工夫跟他瞎纏。我們倒要看看他可有這天大的本領，竟敢目無國法，窩藏反動分子的贓物！……」

「什麼話！什麼話！……」槐三先生直著腳發跳了。可是看到這一對地頭蛇竟頭也不回的走出去了，心中又忽然生了反悔。這兩位臭紳士一年四季多半在衙門裡廝混的，衝撞了他們，你以後就不會有個乾淨的日子。眼見得許多忠厚安分的人家，就被他們一手安排得家破人亡！今朝既特地登門來尋事由，怎好一時糊塗，連點小費也不應酬，就說僵了。心一急，額上綻出黃豆大的汗粒來，眼睛也忽然睜出了。

太陽已晒滿半張床，熱烘烘地，灼得皮膚怪燙的，又怪燥的。伸手摸摸自己的額角，果然溼膩膩的黏著許多汗水。想想剛才夢裡受人欺侮的情景，雖然未免還殘留著幾分氣憤，但也覺得好笑。時候已經不早，就披著衣服下床了。

洗過臉，吃過早餐，又料理了一回雜事，槐三先生便坐在廊下看申報。綁票，暗殺，年輕女子跟人逃走，流氓拆梢，電車工人大罷工，學生散傳單被捕，翻來翻去，滿紙都是些不入眼的狗屁事情。可是忽然在《自由談》旁看到一條大號字的廣告：「諸君看報至此，虔誦十聲南無阿彌陀佛，功德無量。」這倒很合槐三先生的脾胃，於是就恭恭敬敬的默唸起來。

唸完經，放下申報了。接著便抬頭瞧瞧天，太陽已快到天中心，快中飯邊了。唔，怎麼回事情，老頭到此刻還沒回來呢？一想著這樁事，槐三先生的心頭又像螞蟻爬上了熱鍋子，兩腳放在地上，也彷彿沒有一個著落。於是拐著腳踱到廚房去問媽，早晨自己還沒起床的時候，可曾看到得福老頭回來過？好像昨天的餘氣還沒消盡，媽只睜著白眼，冷冷的回答：「不曉得！」討了這一個沒趣，把槐三先生又攪得很不舒服了。

怎麼回事呢？怎麼回事呢？難道陸隊長沒在縣城裡，會不到？或者這老頭又出了什麼岔兒？回到客堂裡，口問心，心問口，也問不出一個大道理。正沒法消遣這心焦，想捧個水煙筒，好有一口沒一口的挨挨時間的當兒，隔壁德公公漲著個紅臉奔進來，氣喘喘的急不過來的說：

「二先生，你快走。從後門，避一避風頭。」

德公公伸出個瘦黃瓜似的大拇指，往後而急急的抖索著，意思是叫他打後門快走。

這一來，又把槐三先生摔到夢裡去。什麼事？什麼禍事呢？這直心腸老頭兒也急到臉變色，該不是家裡又憑空落下個大亂子？又是糊塗，又是心慌。

「德公公，到底什麼事呀，你這樣急？叫我走，你也得說個清楚。」

「二先生，你還有什麼不清楚，睡在鼓裡的！便是得福老頭那樁事出了大毛病。」

「什麼？」彷彿沒有聽清，追著問；但心裡可急壞了。「你說，我真一絲也不知道！」

「真的嗎？那我可不敢瞞你二先生。」德公公張開嘴巴透透氣，再咽嚥唾沫；可還是喘喘的，說：「今天一清早，谷剛這小子給保安隊押著，帶上縣去。那時不知那個眼快耳尖的多嘴，或者村裡有內線也說不定，把這個風聲傳到了西公莊那些狗的耳裡。他們當時敲了一陣鑼，聚集三五百個強盜似的黑心漢子，有的拿鐵尺，有的拿頭，也有拿短銃尖刀的，攔住官路把谷剛這小子劫下了。而且，二先生，這不是造反麼，還把保安隊長，得福老頭跟好幾個弟兄都捆了起來，其餘的也都打個落花流水，腿快的算溜過性命了——天！這天大的禍闖下了，這些強盜種子還不怕！二先生，我告訴你，他們拿大棍子，拿刀背子，沒命根兒的毒打著得福老頭，逼他供出主使的人來。唔，大概得福老頭吃不消這苦罷，說這主意是你二先生出的——現在，二先生，這些狗的，結了夥，還把東公莊南公莊的那些壞痞子一齊邀了來，也不知上那裡去偷來搶來的，聽說還有好幾十桿木殼槍快槍夾在裡面，就要上這裡來燒你二先生的房子了。……」說到這裡，伸手揪住了槐三先生的袖口，推推撞撞的要他到外邊去。「二先生，這些強盜種子你怎樣和他們講理呢？不如避一避風頭，免得吃這眼前虧，然後我們再慢慢想法跟他們算這筆帳！」

這一急，再加上一股氣，槐三先生比昨天還更利害的昏過去了。兩排牙齒咬得緊緊的，開口不得。只一個下巴索索的抖著。眼睛忽然陷下去了，睜得怪怕人的，可不會動。手足也不會動，彷彿給人用麻繩捆住了。而且眼前忽然發黑了，模模糊糊的湧起一陣木殼槍，快槍，鉛頭，尖刀，和許多青面獠牙的高大漢子。

「事到其間，二先生，你急也無益。暫且聽我的話，到外面去避避風頭再說……」

這一陣亂哄哄的嚷鬧，把廚房裡的槐三師母也趕了過來；毛囡也放下蟋蟀罐子，呆呆的站到客堂門口，又不敢進去。師母只聽到後面這幾句話，沒弄明白到底怎麼一回事；可是看到德公公那驚慌的神氣和爸爸那駭得怕人的發瘋的樣子，也急到不知怎樣開口。

「德公公，我家出了個什麼禍事呀？」也顧不得師母的身分了，扯著德公公不放。

德公公沒有這閒工夫理睬師母，急得哭喪著臉的說：

「二先生，你不要執拗，也不要乾急！趕快避出去，保重自己的身體要緊……」

眼前的黑影慢慢散了開去，槐三先生的神志也終於慢慢的清醒過來了。可是，也就在這個時候，槐三先生突然意識到大難已經落到頭上，大火已經燒到眼前了。於是，身子軟了下來，只用不斷的索索的顫抖勉強支撐著。

這時候，又一個青臉小個子帶嚷帶跳的慌慌張張的跑進來：

「二爺爺，你快些走，那些狗娘養的已經進村了！」

槐三先生嚇得呱的一聲哭出來了。抖著手，一把抓住了德公公的手膀，彷彿一個人掉在河水裡，抓住了一點東西，不管是什麼，便再也不肯放手。同時帶哭帶嚷的：

「……德公公，公公……你想想法，救救救我……………公……救救…………」

黃昏的煙靄裡

一

秋又深了。

門外邊，一塊小小的園地。六月間給大水淹過的，到此刻還黏著灰黃的泥痕的竹枝編成的籬笆，開了些雜色的秋花。媽媽不在家，上村外掬野菜去了。大毛和小毛，兩個又髒又瘦而且很頑皮的孩子，自家在園地裡沒事的玩。阿仁坐在一間矮矮的茅屋前，捧著一個上了年紀，熏成了蠟黃色的旱菸筒。

看看天，抽抽菸，又想想心事，彷彿全不覺得時間的過去。小孩呢，任他們去玩，不管竹枝會咬破了小手兒。

心事是沒法解決的，除非你當土匪去！於是，只好皺皺眉毛，懶懶的放下菸筒了。接著，兩個手臂彎彎地靠到大腿上，用手掌托住了自家的頭兒，似乎朦朧的睡去了。兩個孩子在籬笆下面爭奪著一朵小小的黃花，嘰嘰嘈嘈的聲音傳到他耳邊，而他可完全沒有聽到。

直到小毛哭嚷著奔回爸爸的身邊，揪住了一個衣角搖個不住，這才被突然的一驚喚醒了。睜開了一雙沒有光彩的疲乏的眼睛，看看大毛小毛淘氣的樣子，覺得心裡怪不舒服，很想拿這兩個太不懂事的孩子抓來打一個痛快。但隨著，這股怒火又跟一口冷氣吐到外面了。他只對小毛瞪了個白眼，沒奈何的搖搖頭，自言自語的嘆息了一聲：

「隔天大家都要討飯去！還這樣吵什麼！」

於是抱起小毛，拍拍他，哄他不要再哭，幫他揩乾眼淚，抱上籬笆邊去，摘一束秋花放到他小手裡。另外又採了一束給大毛，深怕他也會嚷著哭的，同時用一種略帶憂愁的口氣吩咐他，不要再欺侮弟弟。

兩個孩子重新和好了，笑了。眼淚還掛在小毛的笑影裡。

阿仁捧起旱菸筒，重新坐到木凳上去。嘆了一口深長的又寂寞的氣。遲鈍的眼光留心到兩個孩子的行動，恐怕他們又會沒事的尋事鬧。

媽媽回來了。是一個穿舊布衫，挽個蓬鬆的髮髻，眼眶下面陷著兩個黑暈的萎黃的好女人。手裡提著一隻裝滿青青的野菜的破竹籃，非常遲緩的拖著沉重的足步，顯然已很乏力了。將菜籃輕輕的放到爸爸的腳跟，又很親熱的忙著招呼大毛和小毛。

「媽，你很吃力吧？且坐坐，歇歇力。這兩個小畜生現在還安分，讓他們去。」略帶抱歉的口氣，一邊說著，一邊起來讓她坐。

「沒有什麼——」媽媽笑著說。

「掏野菜的女人可多嗎？」

「唷，掏野菜的可真多啦！跑一個園地就見一簇簇的女人家，真是荒年荒景像！隔壁三姥姥還在泥地上滑了一大跤，半天也扶不起來。人老不值錢，可憐！」

大毛小毛跑過來了。半天不看到媽媽了，親親暱昵的爭著偎到媽媽的身邊。爭著喚媽媽，爭著拿花給媽媽看，說是爸爸摘下來的。媽媽笑笑。稱讚花好看。大毛小毛心裡都添了快樂。

大毛看看天色又將暗下來，忽然想起日中邊小強的糖糕了。看小強大口大口的啃著，真夠滋味呢！於是一把推開正在咭咭噥噥廝纏著的小毛，擺出了一個苦臉求懇著媽：

「媽媽，我們今夜做糖糕吃！」

這回做爸爸的可真生氣了。不讓媽媽好好的休歇一會兒，玩厭了就想吃，而且想糖糕吃，這不是畜生嗎？一個巴掌打到大毛的腮頰上；而且跟著大毛受了委屈的突然的號啕，還大聲的叱罵著：

「你娘的，小鬼！今晚上偏不許你吃！」

「你又何苦跟他們生冤氣，小孩子那個是懂事的？——大毛，媽媽抱你，不許哭，否則爸爸要再打的。」

是夜間。

一盞古老的菜油燈吐著暗綠色的花。這間破爛的茅屋裡，一切東西都改變景像了。彷彿是：牆壁在動，屋頂要塌下來，桌子，長凳和一切什物都擺出一個陰沉沉的面孔。歪在床上的，兩個淘氣的孩子呼息很低微，面上都蒙著一層朦朧的灰白。

外面漸漸靜默到荒涼了。大荒年誰不早點睡？只有風特別大，捲了過去又重新捲了回來，呼呼的啼號著竄進茅屋的隙縫裡。而且還帶來了樹葉從枝頭落下的聲音和牆腳邊淒淒涼涼的嗚咽著的秋蟲的聲音。

阿仁幫媽媽收拾了一會屋子，有點累，可是不想睡。老是睡，老是睡，人也給睡呆啦。於是打桌邊坐下。

媽媽折疊好三件晾在竹竿上的破布衫，做完這一天最後的事情，就洗過手，也坐到桌子邊。她皺著眉毛看看爸：濃的眉毛，大的和善的眼睛，高高的鼻子，一個熟極了的面孔。但就是這一個熟極的面孔，現在卻慢慢感到陌生了：眼睛沒有光彩了，唇邊失去笑影了，鼻子和顴骨顯得異樣的高聳了，和這個人的脾氣一樣，相貌也漸漸改變了。於是很不放心的又不敢大聲的對爸爸說：

「怎麼辦呢，爸？我們總得想個法子。」

這沒有氣力的聲音使做爸爸的微微吃了一怔。但他立即又理會到這話的意思了。

「有什麼辦法呢？你又不能跟我當土匪去！」

「唉，你近來開口就沒半句好話給人聽，又是什麼土匪！爸，我看你脾氣越來越壞了。」

「唔！」模模糊糊的答應著。但他心裡看得很清楚，一家四口的生路已走到盡頭了。現在就算掏些野菜勉強挨得過幾天，等到冬天來了，西北風颳得緊，大塊大塊的雪落下來，還不是免去了餓死也會凍死的。當土匪去，也不過窮極無聊的發發牢騷，當真一個忠厚出名的阿仁哥會有這勇氣？

「爸，你是個凡事做主的男子漢，到了這地步也該出去想想法。你看，大毛小毛近來都瘦到不像個人樣了。」媽媽的陰沉的目光又落到床上去。「我想茂法公公肯借我們幾斗糠也難說。」

茂法公公麼！他心裡忽然被一陣痛苦塞住了。三天前的可怕的冷笑也回到耳邊了。他彷彿看到自己此刻又站在茂法公公的長廊下，不好意思走攏去。茂法公公正懷抱著一個四歲光景的白胖的小孫子，站在天井裡的水池邊，觀賞那綠藻下面竄著的金魚，來消遣這又長又悶的秋天的下午。當自己膽怯怯的向他訴說了許多苦處，一家人都餓到只剩幾根骨頭，一張皮，希望商借幾斗糠暫時過過活的時候，好像自己的聲音太輕了，茂法公公沒有聽到，還盡在那裡逗引著金魚玩。接連的求懇了好幾遍罷，才見他懶洋洋的回過頭。

「借糠！哈，你知道的，這大荒年誰有糠！」

「請公公看我爹面上，爹一世忠心幫著公公種地的，多少布施我們一些吧。我們是永世也不會忘記公公的好處的。」

「布施嗎？我那來的錢！——嘻，聽說宣統皇帝馬上就要坐龍庭了，也許會來賑濟的。」

這一團肥肉的圓臉偏到廚房那一個方向，喚趙媽拿油米和蝦肉來，金魚都餓得慌張了。

一隻白鵝搖搖擺擺的張開肥腿踱過來，斯斯文文的像個上祠堂祭祖去的老秀才。懷裡的小孫子掙著下去了。他先向阿仁做做鬼臉，學著他祖父的聲調說：

「聽說宣統皇帝馬上就要登龍庭了，也許會來賑濟的。」

接著趕在白鵝後面走開了。

茂法公呵呵大笑，笑得滿腮滿頰的肥肉都顫巍巍的抖個不住。稱讚了一聲寶寶乖。接著又冷笑著尋阿仁的開心：

「聽到麼，小毛頭都知道宣統皇帝馬上就要登龍庭了。」

這一切可怕的嘲笑都送進他耳朵了，像一把把的利劍刺到他心上了。他很痛苦。灰白的神情變得更難看。呆呆的站了半響，垂倒頭，默默的走出去了。

在路上，開始腿軟了。眼皮酸黏黏的，眼前湧起了一片模糊的黑雲。半昏暈的狀態中想起爹怎樣一生世幫茂法公公做牛做馬，落得大熱天田坂裡中了暑毒，到死了，茂法公公連棺材也不肯布施一口的下場。

「命！命！這是命罷？」

於是「唉」的呼出一口無限傷心的嘆息；大粒大粒的眼淚禁不住掛下腮頰，落到青布短衫的前襟了。

可是回到家裡之後，是又不會把這一回委屈對媽媽說過的。那天只偷偷的在門外揩乾淚，跨進茅屋便又裝著沒事的樣子抱起小毛。

現在，這一個記憶重新回到眼前了。忽然間，眼睛有點花，靠著桌子伏倒頭兒了。

媽媽不懂得爸爸為什麼不開口。藏在肚子裡的心事怎會知道呢？她只覺得自從這幾天家裡斷了糧，便沒有一刻看到爸爸的笑臉過，也許是餓慌了吧，從日到夜兩只眉毛鎖攏在一起，有點怪相。於是心腸裡也默默的動了幾分難受。

沉默又壓到這小小的茅屋裡。外邊，呼哨著捲過樹梢，捲過屋頂的越來越大的夜風的啞碎的聲音，像一群受了傷的野獸，在暗夜徘徊著，哭泣著的走過去。

「你若不高興，那我自己去求茂法公公吧。就是借不到糠，這一響半個月沒會去，也該去走動走動的。」過了一會，媽媽又憂愁的說，在夜的空虛和靜寂裡彷彿聲浪很宏大。

「你要去麼？」突然抬起頭，吃驚的問。

「你又不肯去，那只好我去啊。」

「不准你去！」爸爸顯得很凶的樣子，咬著牙齒說。

媽媽不想和他再辯論。自己站起身，蹩到床邊去了。

爸爸的眼光跟在她後面。看到她脫去衣裳，從那貼肉的單衫的爛洞裡，露出一排排沒肉沒血的肋骨，眼光又軟化了。

燈光發個抖，突然給風撲滅了。黑暗吞沒了一切。

二

第二天，依舊是個碧海青天的好日子。媽媽梳光髮髻，穿件半新舊的粗布短襖，略略收拾了家，便跨出門，上茂法公公的家去了。阿仁也不想阻止她，雖然心裡覺得怪不舒服。

兩個孩子吃了口野菜，一溜煙的早跑出了。清清冷冷的一個人留在家裡也無味，沒事做，兩手忒空閒。去打幾根茅柴來，只要賤，也許還可以換幾文錢。於是腰間插上一把鉤刀，手提一根扁擔，隨手打上門，也出去了。

走不了多遠一程路，正在拐角處，一群喧譁的男女們圍集在那裡。幾個孩子站在較遠的地方看熱鬧。其中有一個高大的漢子，漲紅了臉，像喝醉酒，揮著拳，要想掙開四周的人們。別人不放他，有的一把抓住了他的手，有的使勁揪住了他的衣角。

又是誰家兩口兒在淘氣？窮荒的年頭還有這興致！可是當他認清了那凶狠狠的和眾人扭鬧著的卻是阿德哥的時候，不覺暗暗吃了一驚。你看，兩個太陽角全綻滿青筋啦！一向是和和氣氣的，人又能幹，又會講話，又唱得一口圓熟的老生戲的阿德哥，從沒聽到有半個人跟他過不去，今天怎會和別人鬧得這樣凶！

忙著在路旁放下扁擔和鉤刀，搶上去，用力分開眾人擠進去了。

「阿德哥，有話好說的，你什麼事情過不去？」

此刻的阿德哥只一心要想竄出人叢去，什麼人的話都像耳邊風，沒聽進去。

他的大哥一手扳住了他的肩膊，氣沖沖的說：

「你發昏嗎？想出這種斷命的鬼念頭！趕快回家去。」

「叔叔還是到我們家裡坐坐喫茶罷，也好清清心，平平氣。」他的嫂嫂慌張的說，但不敢走近去扯他。

「看看大荒年面上，又大家都是一村人，阿德哥，多一事總不如少一事。」旁人也跟著勸。

阿德哥完全不像平日的柔和了。滿臉滿身都罩著熱騰騰的殺氣。短衫的前褂給扯碎了，一個粗糙的黧黑的胸膛露到外面。他不管大哥的吆喝，只直著喉嚨咆哮：

「你們不要管！這老剝皮我今天一定要殺死他！菜刀誰拿的？還我！預備一條

命抵一條命，我倒要看看這老剝皮有什麼銅筋跟鐵骨！」

阿仁完全弄不明白了。怎麼阿德哥今天想到要殺人？搔搔頭髮，也摸不著一個頭緒。但看一看周圍每個人的臉，那種緊張的神氣又立刻告訴他事情顯然很嚴重！於是扯住了三強木匠往外擠，走到放著扁擔和鉤刀的路旁兩個人才再站下來。

「木匠哥，阿德哥今天跟誰嘔閒氣？」阿仁悄聲的問。

「啊，你不清楚嗎？」木匠用疑惑的目光望到他臉上，怎麼一個來勸架的人會不知道鬧架的原因。「唔，阿德哥可算得上一條好漢罷，此刻他要拚了命扯茂法公公到閻王殿前算帳去！」

茂法公公四個字跳進他耳朵裡，嗡嗡的響個不住。接著一個胖胖的露著獰獰的冷笑的圓臉又分明地出現在眼前了。而且從一張三角形的厚而紫黑色的闊嘴裡，跳出那麼熟悉的一句話：

「宣統皇帝馬上就要登龍庭了，也許會來賑濟的！」

不覺脊骨上起了一個顫抖。

可是接著還是緊緊的追問：

「什麼天大的事情，犯得上去拚命？」

於是木匠告訴他，去年阿德哥年關過不去，捧著田冊向茂法公公去商借，兩畝田抵押了六十塊錢。今天一個清早叫他去，要他冬至節前去贖還。不贖呢，按照今年的田價賣給他。阿德哥忒忠厚，老老實實的答應了。大概他以為地段高，河浜又近，照往年的市價，兩畝田賣兩百塊錢是喊出口就有人撈了去的。今年就算賤，最多也只能打個八折罷。可是，你曉得茂法公公怎麼說？他說近年時勢不安靖，到處荒，到處鬧土匪，有錢的都搬上杭州城去了。他本來沒有錢，杭州城也住不起，荒年不用說，更艱難了。不過大家都是一村人，好幫忙的地方總幫忙的。如其這兩畝田賣給他，情願再添四十塊錢，幫阿德哥做家用。雖然銅鈿上面的小事情，阿德哥一向不計較的，吃虧也不只第一遭！可是茂法公公的手段到底未免太毒辣，乘火打劫窮人，逼得這頂和氣的阿德哥也忍不住，跟他鬧翻了。現在阿德哥拿把菜刀尋他拚命去。你想想，能夠拚個你死我活也痛快，這大荒年反正做不了人！

聽完這長長的一串話，彷彿阿德哥替自己出了口氣，像夏天喝下涼茶去，眼前一亮，連心脾都舒暢了。哼，也會遇到對頭嗎？要曉得窮人也不個個都是死人，憑你辛！於是跟著幾日來不曾有過的高興，滿心想對木匠說，「我同你一塊幫阿德哥去，」可是話只在舌頭上打轉，結果變成一個空洞的咳嗽。

阿德哥終於給別人攙走了，給坐唱班裡唱老旦的全生攙走了。他一邊扶著阿德哥，一邊說：

「我們都吃過他的苦，這老鬼是個該殺的東西，還用說！不過，阿德哥，今天看你哥哥的面上，暫時放過他一條命吧。我們總有一天要剝他皮，抽他骨的。」

牛頭山上沒有柴，早光了。只光滑的大石塊，黃泥，萎爛的落葉。青青的天蓋在上面。僅有的幾顆鎮壓合村的風水的老槐樹，往常你攀折一根樹枝也犯禁律的，現在早給那手長的砍去了。只剩幾根細小的枝椏散在山崗裡。

拾攏了零碎的樹枝，從腰間掏出一根草繩，捆成小小的一束。雖然賣不了錢的，也好自己燒燒。比空手來空手回去總體面些。接著覺得有點吃力，揀一塊大白石坐下來。唔，人真餓壞啦，氣力全跑走了。

山背後，是一片一望無際的田地，叫後塘坂。縱縱橫橫的阡陌，比棋布的黑線還密些。阿仁拿手臂靠在大腿上，兩眼光光的找尋自家那一方地。找著了。河邊那塊田不正是牛角丘嗎？兩棵桑樹拱在河岸上，也是自家種的，從山上望過去，還依稀看得清楚。夏天的黃昏，田耘完了，渾身給汗和泥漿黏得皮膚癢癢的難受，於是跟著別人一骨碌的跳進河裡。像一群瘋水牛，大家在河裡講醜話，噼噼啪啪的翻騰個半天才肯攀上岸。接著，別人都肩著農具回家了，他卻躺在桑樹邊，卸上一個旱菸筒，在淡白色的夜色裡抽起菸。頭上有風，比水還涼，從桑樹縫裡漏下來。噯，有風，又沒蚊子，真不高興回去悶在又臭又熱的茅棚裡。天色漸漸由淡白變成朦朧了。月亮從東方升起，紅到像紅柿子，怪大的。菸筒裡的火星也紅得發亮。躺夠了，站起來。看看自家田裡，黑沉沉的稻肥得可愛，幾乎一株株都有高粱秧苗那麼粗。忽然一個夢來到他心裡，覺得今年也許生活會變好些，那一株株的肥稻都會結個半酒盞穀子呢。於是想唱幾句山歌開開心了。可是平生從沒玩過這一手，唱不出來。但遠遠的，穿過夜空，卻傳來快樂的歌聲了。於是放下菸筒，打起精神往遠處仔細看看，彷彿有人騎著牛，在阡陌上緩緩地移動。

秋天完了，像這個時候，就得鋤遍地，種上蕎麥和蘿茯菜。因為阿仁雖說頂勤快，三百六十天，沒個偷懶睡午覺的日子；可是老天沒眼睛，要是你單靠一方稻，就是收成好，到了第二年三四月，一家四口還不只好喝西風！於是，下雨天，坐在家裡打草鞋，好換幾個零用錢。晴了，腰邊圍上一條青布，背著暖暖太陽到田頭去，培培土，或者捉捉油光青色的小菜蟲。隔幾天，等到蘿茯熟，他就要揀那肥的，連根帶葉的拔回家，煮熟了好當飯。

現在，從山頭望過去，真看看也悽慘，心酸了。那麼大的一個坂沒一根菜芽兒呢。唔，堤埂的缺口不知要等到那天才動工？如何這樣好天氣，又晴又和暖，做堤長只睡覺不管事？要是修好了，不是也好種畦青菜充充飢。

他仰起頭兒。看看天，太陽走過天中心。可是村莊裡的炊煙還淡到看不見，只東北角有一縷濃黑的煙雲裊裊地扶搖直上。

於是他肩著柴下山了。山路上，夾在沙土裡有許多桃花色的，翡翠色的小卵石子，光亮得可愛。他想到往年帶了蘿茯分給孩子們的情形了。今年孩子們的嘴餓到慌，能揀幾顆石子分給他們玩，也好逗得小心花兒快活些。於是重新放下柴，揀那頂光滑的塞進肚褡裡去。

從山腳邊拐個彎，又回到村裡了。心裡掛唸到阿德哥，可曾闖出去拚命？

三保家的啞大囡捧著一塊泥黃的糖糕蹲坐在門邊，一面滴著口涎，一面在啃，阿仁覺得自己也有點肚餓了。肩上那幾根柴枝，彷彿添加了沉重。

再走了一程路。忽然一陣香氣襲進他鼻竅，是爛熟的肉的香氣呵。於是肚子裡更骨碌的翻個不住。這倒並不是也想弄份肉嘗嘗，是那飢餓，那本能，拉住他的眼睛失望似的東竄西闖的四處張望。看到木老門外圍攏了一群人。

「阿仁哥那裡砍柴來？」

「過來，過來，有好東西在這裡，請你也開個胃罷。」

意識到他們在那裡幹什麼事情了。唔，要不是那東西，怎會有這樣香？對，往日經過木老的門口，那隻肥胖的黑花狗叫得多有勁，沒有一回讓他安安閒閒的偷過去的，今天是要了牠底命了。

沸沸揚揚的一滿鍋。已經煨得稀爛了。於是大塊大塊的撈起來，盛在一隻大木分盆裡。大家不客氣地隨便坐在地上。用手扯，比刀還銳利。醮著白花花的鹽往嘴裡送，真夠味！

還有酒！做夢也想不到會有這樣豐盛的一頓。

今天木老做東道，他們照例應該敬主人一杯酒。然而據木老自己說，該受敬還是阿奎哥。他家裡放著一罈酒，荒年還擺什麼鬼闊氣，看到就生氣。想拿出來替餓嘴的弟兄們醉一醉，又沒些星兒小菜。木老提到阿黑，這一個聚會做成功了。

阿奎哥卻謙讓著。

「這年頭還扯什麼客氣話？狗也好，貓也好，糠皮也好，菜根也好，到口的就吃。什麼都完了，大家一夥的當土匪去！」正堂駝背聽得不耐煩，喊起來了，一邊撕了塊狗肉，向鼻子邊塞進去。

大家都笑了。阿仁噴出了酒沫。一陣說不出的痛快露到每個人臉上。有人拍著手。

「聽說真有這樣的事呢！離我們九十里路的楓林鎮，比我們這裡水更大，給沖毀了大半個村子。房子沒有了，老老小小坐在大樹下，喝口泥水，嚙些樹葉草根挨日子。後來病的病，死的死，沒法再活下去了，才有人想到半山上有村長的穀倉還沒衝去。於是大家跪著去求他散口糧。你曉得村長心多狠？非但不肯打開倉，還偷偷的差人上縣城去請保安隊，說是有暴民搗亂。這一來，人心可反了。也不知道是誰做頭的，叫大家自己動手去打開穀倉來。總之有人這麼一聲喊，不到半個時辰就聚集了八九百餓死鬼，一哄的蜂擁進村長的家裡。現在難民愈聚愈多，聲勢也愈來愈浩大，盤踞了一座高山當營盤，連官兵也奈何他們不得了。」阿奎哥認真的說。

「聽說當時村長正抱著一個姨太太在作樂呢！」有人補充了這麼一個有趣的尾聲。

又是一陣笑聲哄起來。接著大聲的豁拳，大口的呷酒，大塊的吃肉，一個個飢黃的臉漸漸泛起紅活的血色，動作也多靈活了。太陽晒在頭皮上，覺得熱，有人脫去短衫，墊在屁股下面，爽性赤膊了。

談話很投機，起勁。你一句，我一句的大談著那一鄉打死了土豪的兒子，什麼地方焚燒了財主的房子，許許多多水災以後聽來的山海經。而且故事似的傳述著，彷彿今年遭水災是別人，在別地方，在隔重山隔重水的遠處。

「不要太高興咯。等一歇大家轉家去，還不是一口野菜一家人分著吃！」一個花白頭髮的老公公，酒夠了，人反而更清醒，想起早晨家裡餓到昏暈過去的女人了，於是悲涼的說著。

「炳泉公，你的話也不見得準的！也許我們也會有那麼一天罷，窮人會翻身的。」一個小夥子不服他的短氣話，反敘著。

「對，你有理！早上阿德哥不是要跟茂法公公去拚命？要不是大家勸住了，也許茂法公公的腦袋此刻已剁成了泥！」好幾天來郁在阿仁心頭的悶氣，乘酒興一口氣吐出來。

狗肉完了。狗骨頭堆個滿地。酒可還很富。人也不肯散，談話的興致愈高了。他們都暫時忘記了目前號泣著的可憐的妻兒，正在到來的殘酷的風雪和冰凍，和緊緊地追躡在自己身後的那個可怕的命運。

三

走散的時候太陽下山了。阿仁灌得爛醉。給風一吹，人便頭昏腦暈的沒有氣力了。勉強打起勁，糊糊塗塗的掙回到家裡。接著向床上一歪，便豬一般呼呼睡著了。

等到一覺醒來，天光已朦朧發白，屋內的什物可以看出隱約的輪廓了。精神是很好；可是身上仍有酒後的餘睏，不願意起床。一股晨涼打屋角漏進來。烏鴉蒼蒼涼涼的啼著，在屋頂盤旋了一會，往遠處飛走了。

側著頭，貼在自己身邊睡著的，是媽媽。兩個孩子照例在腳後跟。揉開乾燥的眼睛看看媽：一張癟嘴略略張開，微露出焦黃的牙齒，眼皮無力的往下拖著。

昨天曾經喝醉酒，吃飽狗肉，又講了許多話，恍恍惚惚還留得點影子。但究竟講了些什麼又怎樣回來的，可完全記不清了。湧起一個噎，還依稀辨得出狗肉的餘味。

一個身，睡著的媽媽給翻醒了。

「你昨天那裡喝了酒來，醉得人事不省的？」幽聲怨氣的望著他說。

「木老宰翻一隻狗，給餓慌了的窮弟兄香香嘴。我剛走過，也給扯住了。」

「怎會醉到像死貓呢，任你喚，任你扯，全不睬。滿口都是糊塗話。我真擔心你會生病。」

「我說了些什麼酒話呀？」覺得有點滑稽，笑著問。

「不用說啦！還不是那一套，餓了冤別人飽！」

忽然記起媽媽昨天是去借糠的，便問她糠可有個著落？心想又是一遭冤枉跑，自己去找惡話聽：一個魔王怎會發善心，誰曾聽到過貓嘴裡吐出一隻老鼠來？

可是媽媽偏偏出於意料的回答他：「總算賞臉面的吧，借到了兩斗糠呢。只要節省點，攙攙野菜，也夠我們個把月的糧食了。」

媽媽沒有把真實情形告訴爸。要是說出這是花費了無數次苦口的央求沒有用，直到出了頂高的重價，答應明年還兩斗白米，茂法公公才忽然笑顏逐開的允許下來，他又會無理由的生你氣。至於茂法公公那氣頭上的話，（剛和阿德哥吵過架怎會有好聲口？）「窮人個個都是壞胚子，餓死了地方上倒乾淨些，」更不能讓他知道絲毫的風聲。倒是臨走時三奶奶告訴媽媽的：「明天後塘坂新堤開工了，你爸可以去挑挑泥。窮人只要勤快點，也不會愁餓飯的。」可以傳給他聽聽，他那愁結著的心花兒也好放開些。

媽媽披起衣裳，坐在床上。一邊推推爸爸的肩膊：「今天後塘坂開堤工啦。你早點去，也好掙幾個錢幫幫家用。」

「當真麼？」有些信不過自家的耳朵似的。

「誰有這閒興兒誑你！——不要大聲的嚷，讓孩子們多睡忽兒，免得起來又吵。」俯過身去，把大毛露到外邊的小腿又給蓋上了被，接著扣好鈕子，媽媽先下床了。

阿德哥一骨碌爬起來。希望領他去打開門。天空又晴碧到一抹藍，和地平線上的連山打成一片，近來真沒一日不是好天氣。鄰近人家都關著門，無限的靜默懸掛在窗畔。

回頭幫媽媽收拾屋子，燒臉水，掃地，今天爸爸回覆到往日的殷勤了。而且想到媽媽近來真瘦損得怕人，黃黃的臉，像個結在枯藤上的秋瓜，要是今天新堤真開工，第一天領來的工錢，先給媽媽買包紅棗補一補身體罷。

吃了口糠填填肚，就攜著一柄鐵鋤，一根扁擔，兩個竹籮，讓希望帶到後塘坂去。媽媽在家裡招呼孩子們起床，做一切瑣雜而勞苦的事情。

四五個人坐在一條長堤上。江水在堤下嗚嗚的流。楊柳樹的黑沉沉的影子浮在江面，跟水浪緩緩地波動。積在堤上和飄在水上的萎黃的落葉，在這深秋的早晨，伴著一種腐爛的泥土的氣息，播散到這一群佃夫們的呼息裡。在堤的另一邊，像死一樣的，看不到十月初照例綠在阡陌間的青青的菜秧和麥苗，只一片三十里方圓的褪成了黃色的泥土，後塘坂。

離他們不遠，一個三丈多闊的缺口。在缺口下面，好幾十畝田給大水沖毀了，帶來了無數的沙石堆在上面，是不能再耕種的了。

太陽從遠山升起。在青青的天空下面，這幾個飢餓的人，給陽光一醺，彷彿皮膚裡略略漲了點血，面上褪去一層黃衣，但看去卻依然是青灰色的。望望村莊裡，沒有晨煙，沒有人聲，沒有喧雜的雞啼和狗吠，被一種無限的荒涼和靜默籠罩著。

「唉，要是再不開工啊，我老娘不餓死也愁死啦。」一個病色的青年漢子，方頭說。

「天老爺，喀喀，你老娘，喀……我也三四天不曾好好吃過一頓啦，喀，喀喀喀……」五十四歲的長福老一邊說，一邊咳得凶：風吹進他咽喉裡，起了一個寒噤。「我覺得今天很冷呢，喀，喀喀，你們怎樣？喀喀喀……」

到底還是年壯的，雖說給飢餓熬到沒有力，只要不是西北風，像這秋風，可還不覺得。阿仁沒理會長福老的冷，不滿意的說：「你一個人還叫屈！像我一家四口都掛在我兩手的，又怎樣？——啊，兩條手臂乾到像枯柴了，不知可還挑得動土？」

「我老啦！像你們，像你們，喀喀……我會死！」長福老彎著腰站起來，大概屁股骨頭坐得痠痛了。

「三月間我就通知茂法公公的，桑埂下面有好幾個漏洞，江水一天到晚吱吱的咬進來，要是落幾天陰雨，江水泛上來，這幾個小洞準會闖下個狂禍的。可是茂法公公不相信，說是幾個老洞，犯不上去睬它們，其實想省幾個錢。如今，啊，如今合村老小全給他害死了。」小曹搖搖頭，隨手掏起一團泥片兒，噗的打到江心去，湧起一個個的水暈，漸漾漸大了。

「幸而今天總算老虎發慈悲，開工啦。」方頭說。

「聽說茂法公公的本意，這缺口本不預備今年動工的，說是等到明年春天可省出一大筆利錢來。後來還是別人勸，乘現在趕緊開工，也許冬天大家還可以種畦菜吃吃，地方上也好太平些……」

長福老沒等小曹說完話，又忙著攙進去：

「命嚇！命嚇！喀喀……我五十三年活過來了，喀喀，還不曾遭過這般的大難咯……」

人陸續的到來了。同樣的肩著扁擔，提著鋤，靜悄悄的到來，沒有往日邊唱著山歌，邊跨著大步的勇氣了。看看這些人，同樣是枯菜一樣的臉色，同樣是生黃疸病似的沒些兒神的眼珠，同樣額上的皮打著皺紋，而且同樣拖著一個又瘦又長的下巴。到了缺口，先是默默的放下竹籮，扁擔，放下鏽了的鋤，接著睜大了疲弱的眼睛望望這三十里方圓的後塘坂，輕輕的吁出了一口寂寞的嘆息；但後來終於被捲入這厭悶的談話裡去，而歸結到老天爺有眼睛，總算賜給我們窮人一條活路了。

茂法公公也手剪著背，放開八字步踱過來了。於是聲音又突然靜下去。麻雀噪過柳枝頭去，嘰嘰嘈嘈的很清楚。適才的暖熟的空氣又變成冰似的寒冷了。有的無力地靠在鋤柄上。有的垂倒了頭兒。有的凝視著遠處的天空的靜碧。有的默默地望著江上的水暈。

「命！命！……命裡注定的咯，喀，喀喀，我長福老五十四歲遭大難，喀喀……」在這沉重的沉默裡，可以聽到長福老的自言自語的嘆氣。

茂法公公提起瓦灰竹布大衫的襟角，走一步看一步的那麼小心，慢慢的踱到缺口了。背後跟著兩個年輕人，是兒子。各人手裡提著一個大竹籃，滿裝在籃裡的是兩分闊一寸長短的小竹籤。

茂法公公先是笑嘻嘻的招呼人，彷彿一尊彌勒佛似的和氣。接著，吊起一隻尖尖的老鼠眼，用沙沙的聲音說話了。他說今年的大水災是天數，因為人心太奢華了，菩薩叫眾生嘗嘗飢寒的滋味。要是人心不改善，不敬神，不敬長輩，不敬地方上的紳士，菩薩也許還會降下瘟疫來。於是他就自大到像一尊大佛了，一屁股坐到堤埂上。

工作開始了。這一群蓬首垢面的田夫們，像一群餓鳥散到田野裡。用軟弱的手，一鋤鋤的崛起泥，放到竹籮裡，挑到缺口填下去。因為長久沒有上田坂了，又是一二個月沒有吃飽過一頓，挑不到三四籮爛泥，不約而同的都有點手骨酸，氣喘喘的額角上都漲出汗水了。但一看到每一籮泥土換來的這一根小小的竹籤子，到了太陽下山就可以換現錢的，希望又重新將氣力帶回到手上，軟軟的手臂硬起來了。

一天的時間，在異常吃力又異常快樂的忙碌之中快過去了。除了回家去吃口糖糕咽口野菜填填肚，或者由女人送到田頭，就蹲在江邊掏碗冷水送下去，不曾見那個人坐下來談閒天，或者歇歇力。大把的汗也不管，用袖子揩了就算了。

阿仁中午是轉家的。媽掏盆水給他洗臉。見他渾身給汗水浸透了，又拿出一套半新舊的青布衫給換上。糖糕也蒸得特別嫩，放進嘴裡去怪有味的，帶點甜。媽媽問長問短的詢問了許多田頭的事情。問他可曾累，他笑笑，其實腰也疼了。

大毛下午要跟去看，爸先是答應的，還問他可挑得動泥。大毛拍拍手，說跟爸學，幫爸賺錢。爸笑了。（是近日來第一次看到爸的笑影啊！）但忽而小毛也爭著要跟去。騙了許多好話，答應傍晚給他帶一隻麻雀回來，也不依順。於是媽媽只好吩咐大毛小毛都不要去，那裡有河水鬼要拖人。大毛翹著嘴生氣了，一個巴掌打到小毛耳根邊。哭了。

爸爸抱起小毛，拍拍他。心裡又起來了一個新的希望，想到幾年以後了。對，再苦過六七年，兩個兒子都會打柴種地了，那時候，就是遇到像今年的大荒年，也不怕，六隻手還不夠養活一個媽媽嗎？

於是阿仁就把上午的心思告訴媽媽，打算拿今天的工錢去買包紅棗，送給媽媽補一補身體。媽媽口裡說不如積錢買點米，大毛小毛都給菜根餵弱了，但心裡的快樂是瞞不過做爸爸的眼睛的。

下午阿仁添了氣力，泥挑得更勤了。一箭去，一箭來，像年輕的燕子的靈敏。你看他兩個袖管捲得高高的，阿仁哥還顯得像當年的阿仁哥。

菸癮竄上來，也咬住。想到黃昏媽媽看到自己沒失信，果然一包紅棗遞到她手裡時的高興，笑了。

只有長福公那副樣子使人太難受。兩籮泥，壓得身子矮了小半個，彎彎的像快要摔倒了。再加又喘氣，又咳得凶。有時無緣無故的站住了，歇下擔子拚命咳一陣。阿仁忽而心又酸，想對他說：「我來幫你挑吧！」但他又掙扎著挑起泥，抖著兩個肩膊往前顛去了。

滿田坂靜悄悄的，只有赤腳踏在泥上的濺濺的聲音。

一直到太陽下山大家才停止工作。一夥的擁到江邊去，淨淨手，淨淨腳，又洗洗黏在竹籮，扁擔和鐵鋤上面的泥漿。嘻笑和談話又重新開始了，寒涼的空氣裡充滿了熱烈的活潑的聲音。只有長福老癱了似的坐在江邊，他真力乏了。他的咳嗽也沒人聽到，被淹沒在喧譁裡。

開始發工錢了。由茂法公公的大兒子收竹籤，小兒子付銅鈿，一根竹籤換一個銅子。他自己端端正正的坐在一張竹椅上，（這是下午特別去拿來的，因為茂法公公不比阿仁哥，雖然長得肥，單是佛一樣的坐坐也為難，一個上午就說腰疼了，頭暈了，）眼光東竄西闖的忙碌於留心兒子們是否付錯了錢。

但來了一個非常的意外，十個人倒有九個人被扣錢的。不是說每擔泥太少，就是說你偷了竹籤子。要分辯也沒有用，他叫你明天不必再來了。但大家還是爭著吵，說這辛苦銅鈿不能冤冤枉枉的扣去的，再加這樣大荒年，人人都等著拿回去養家的，一個銅子也少不了。但銅子在他手裡，你嚷嚷也是空的。就是家裡餓死了女人，也不好抬進他家去的。他沒睬你。

輪到阿仁哥只給了七折。說他每擔都只有半竹籮，所以一天挑了七十擔，打個七折也還是便宜他的。

「茂法公公，你問問老三哥罷，他剛才還稱讚我籮頭比誰都滿，腳又健！」因為是氣力換來的，阿仁可不像那天借糠時的委屈，理直氣壯的說。

「嘻，你自己想想吧，別人最多只有六十五擔，你這懶貨，要不是籮頭淺，會有七十擔嗎？」

「我今天挑得勤，菸也沒歇下來抽一筒，你問誰都可以做見證的。」

「對對，」狡滑的笑了；「你一向抽菸出名的，今天自然也不會例外的，要分一個時候出來抽抽菸的囉——大保，你數四十九個銅子給阿仁哥。」

這天大的吃虧怎麼受得下？滿滿的一籮只能七分算！於是急到血都跳，胸口漲得透不過氣。可是錢還不是同樣的憑空給人兔了去。大保不管你氣得眼發直，拿四十九個銅子塞到你手裡，又去招呼別人了。

這不甘心的！阿仁一邊嚷著要添錢，一邊抖著那抓住銅子的拳頭伸過去，但給他一瞪，不覺又縮回來了。看看他，正擺著幾天前向他借糠時那一個難堪的臉。怨恨和憤怒扭歪了阿仁的面孔。火冒上眼睛。

接著是長福公了。他坐在江邊，喚了三四聲才聽到。駝著一個腰，沒些兒精神的鱉回來。但給他的也只有一個七折。

「呀呀！天老爺！我，喀喀……我！我老性命換來的錢可扣不得啦！我，我，喀喀喀……」一陣狂咳，話接不上，臉急得發紅。

「沒虧待你，長福公。要是照你的擔頭算，只好兩籮合一籮。可憐你年紀老，才給你個七折。」

「這個，這個……喀，喀喀喀……我，我不要，我不要……喀喀……寧可死……」先是兩個膝關骨發著抖，片刻間全身抖了。

茂法公公忽然沉下臉，大聲的喝：「老狗！看你不出倒會放無賴，明天不准你再來！」回頭對大保說，「將銅子收下，看這老狗放肆到那裡去！」

一陣急痰塞到長福公喉頭。眼花了。人摔倒了。腦袋撞在一柄鐵鋤上，血水淌出來。

於是這一夥頹喪著，嘮叨著的田夫們變成瘋狂了，潮似的擠攏去。有的扶起他，有的拿爛泥塗到他額上，有的大聲的嚷著，「跌死了人！」

茂法當初也很慌，臉駭得發白，忙喚大保去幫著扶，弄出條人命來可不是玩玩的事情，但片刻間又安靜了，冷笑著說：「這荒年荒世，死個把人算什麼，你們慌張……」

沒等話說完，忽然一把鐵鋤當頭壓下來。本能地慌著偏過腦袋，肩膊給掘開了。沉重的身子從竹椅上滾下。

是阿仁哥。

一個血漲滿了的臉，一對突到眼眶外邊的血紅的眼球，倒豎起了的眉毛，緊咬著的牙齒。一雙綻起了青筋的手抓住鐵鋤，第二手又要壓下去。

「救命！救命！」茂法公公的神色鐵青了。腦袋縮到衣領下，怪滑稽的，彷彿這就可以避免鐵鋤的第二度的襲擊。

兩個兒子手足無措的慌張著。想喊，又想去奪那鐵鋤。但也給別人小雞似的抓住了。

阿仁一邊揮起鐵鋤，一邊暴雷似的狂吼著：「對，這荒年荒世，死個把人算什麼！我要殺死你，替我們窮人去個死對頭，除個大害蟲！」

「有理！阿仁哥的話有道理！反正有他就沒有我們！」

「到今天快要餓死的時候，你還不肯放過我們一張皮！我們還饒你！」

「昨天阿德哥就要了他命的，總算饒這老鬼多活了一天！」

無數憤怒的咆哮和阿仁的狂吼融合成一片。

跟著阿仁底第二鋤，雨點似底，許多鋤頭落到他身上。剎時間，在這黃昏的煙靄裡，在這空曠的荒涼的田野裡，這一團幸福的肥肉給剁成爛泥似的肉漿了。

一個人的死

倘有人說回憶是甜蜜的，我的回憶中卻只留著一個悲慘的印象。雖然這是五年前的事情了，但在我，好像依舊如昨日發生的一樣。我沒有這勇氣，也沒有這力量，如刑場上的劊子手，在黃昏的星月下，祕密地砍下了一大群可憐的好人們的血淋淋的頭顱，而回到家裡連惡夢也不會做一個的。我對於這一個不幸的人的死，在這一生中，大概沒有方法再忘記了。

或許寫下了之後可以減輕一點我的良心的痛苦吧，此刻就是在這樣一種情緒之下來敘述這故事的。

這是在春天，正是河岸上的楊柳抽了嫩綠的芽，一切冬眠的草木開始從寒冷中醒過來的清明節，我將我的一位堂叔姚春茂留到自己家裡來住了。自然，我是知道他的嗜好，知道他的脾氣，知道他的歷史的。他是我們鄉間一個有名的醉鬼，每天的光陰，差不多都是在酒店裡喝個爛醉，再尋別人吵架，這樣混過他的半生來的。他自小也讀過書，不幸父親死得太早，十三歲上就剩下了他這孤兒在人海裡浮沉。現在已成了文不文，武不武的一個人，一個十足的光棍了。當初談話裡提到春茂叔，還有人婉惜著他的，現在可說沒有一個人不討厭他了。身上老愛掛著一件破舊的長衫，斯文地踱著八字步，就是有幾次真是窮得沒辦法，去幫別人做個短工的時候，也還是不肯脫下來。而且，說不定晚上領到了工錢，他又溜進酒店去喝個爛醉，再尋回主人家來吵架的。所以就是他願意幫別人，別人也愈來愈怕雇像他那樣的人了。於是他的生活也只有愈來愈窄，愈來愈緊，愈來愈不通，社會關係也愈來愈狹小；也許就是因為這生活沒有辦法的緣故吧，他近來的性格也變成了更暴躁，更愛喝酒，更容易尋人吵架了。但他有一個特性，雖然窮，卻不無賴。他多少年來從不曾短少過誰一文錢，酒店裡更不必說了。暫時的掛帳自然也免不了的，但到了節，他準來還清，就是手頭沒有錢，也寧願賤價賣去了他的財產，酒帳卻不肯胡賴一文的。他父親剩下來的十多畝田地，就這樣消耗在酒窟裡了。

這一回，輪到他出賣他最後的所有，他那一間破舊的已不能蔽風遮雨的小屋了。他賣了老屋還酒帳，還清了帳又在汙黑的木桌旁坐下去。一碗，兩碗，三碗，一直喝到了黃昏。人已是醉意朦朧了。他擺著方步踱出了酒店，迎頭吹來了一陣三月黃昏的薄寒的微風。這涼爽的夜風，吹散了他的暈暈的酒意。於是在這輕寒的春夜裡，他記起今夜睡的問題了。是的，沒有地方睡覺是不成的。他只好折回酒店裡，向掌櫃的商量，要在店裡借一個鋪位。掌櫃的因為怕他的脾氣，雖然爽，卻好像有點神經病，不容易招呼，婉言地拒絕了。這一拒絕，引起了他吵架的導火線，他拍著桌子罵，說掌櫃的太瞧不起人。

在這各不相讓的爭吵中，許多街頭的閒漢就乘勢圍攏來。我路過酒店的門口，也便擠進去瞧瞧。我平日對於春茂叔是沒有什麼好感情的，不做事，有錢到手就喝酒，喝醉了又尋人吵架，我總以為他的生活像這樣過下去是不應該的。但現在看到他那無家可歸的情形，和他那一張又急又窘的臉，不知怎的發生了一點所謂同情心。自然，我沒有怪那掌櫃的不留他宿。我知道做掌櫃的自有他為難的地方。但我可憐春茂叔，同情春茂叔，在人世間混了三十幾年的結果，落得連個宿歇的地方都沒有，這總不見得是令人快意的事情吧。

於是我擠到了櫃檯前，向他說：

「春茂叔，你不用再在這裡發氣了，今晚就到我家去睡罷。」

我們雖是一村人，平日可很疏遠的，所以此刻突然聽到了我的話，他那目光不禁似信非信地釘著我，好像在躊躇，一時竟答不出什麼話來。呆了一忽兒之後，他才吞吞吐吐地說：

「真的麼？」

「誰尋你開心呢。」

我就這樣地在清明節的夜裡將他留到家裡來了。

第二天，他一清早就出去，也沒在我家中吃早飯。我知道他身邊還有賣屋的錢，一定又是上酒館去了。一直到晚上七點鐘左右，已是我們吃完了晚飯，和妻閒坐著，喝著濃綠的茶的時候，他才醉醺醺地踱回來了。他買了一大包糖果，說是給我們的孩子的。我知道他的脾氣，在這酒意正濃的時候，你如果一推卻，又會惹他發脾氣。但是我該收受他的禮物麼？這就是叫他出宿夜錢了，在我覺得是萬分不安的。這突然而來的贈予，簡直使我不知所措的侷促起來。我一面躊躇地接過他的糖果，一面勉強露出笑臉，招呼他坐下來喝茶。

看見我接過了糖果，好像很高興，他笑容滿面地傍我坐著。

妻帶著四歲的孩子上樓去了。煤油燈的昏黃的光芒，像一星鬼火似地，映照著他那醉醺醺的微笑和我的侷促的苦笑。

沉默落在我們中間。我不知怎樣來開始我們的談話。我心裡想，像他這樣一個糊塗又不幸的人，真是可憐又討厭。將父親遺下來的十多畝田地花完了，現在弄到連宿歇的地方都沒有，但每天還是要喝酒，吵架！倘你對他說：「春茂叔，你不應該再糊塗下去呢。喝酒最傷身，又叫人走上懶惰的路去，像你現在這樣的處境，無論如何都應該戒絕了。再這樣挨下去，等到你手頭的賣屋錢花乾淨，恐怕連酒店的門檻都不許你再踏進一步了。」那他一定要誤會你的好意，以為瞧不起他，或許還會引他發一場脾氣的。在這夜深人靜家家都要睡覺的晨光，引起這一場無謂的脾氣當然是不必要的。

但同時我又這樣想，倘你看見一個瞎子爬到一口井上去，就眼看他溺死不救他嗎？春茂叔雖然笨，卻是一個最不懂世故的瞎子。悲劇已經跟在他後面，而他是不自覺的。他若再這樣誤下去，未來的苦日正長呢。現在就得有人正色規勸他，叫他戒了酒，找個職業，同時也得積蓄幾個錢。我反覆地思索了一回，後來終於說：

「春茂叔，我問你，喝酒有什麼滋味呢？」

「也說不出什麼滋味的，不過喝慣了之後，一旦斷了這命根，會氣也透不過來，喉頭就像有蟲爬似的難受。」
我鼓起了勇氣冒險地接下去說：
「我想，你最好能找點事情做做，否則成天的喝著酒，不太覺空閒嗎？」
「我也這樣想。不過這年頭，誰高興給我事情做呢？」出於我的意料之外地，他並沒有生氣。
「好，我替你慢慢設法吧。」
結束了這一回談話之後，我立即暗地裡自家打定了主意，決心要將他這個人從滅亡中救出來。我要像耶穌似地幫助他脫離魔鬼——脫離酒魔的誘惑，然後再領他走上人生的正路去。
那天夜裡，他那黧紅的臉，晃著，晃著，反覆地出現在我面前。
我心裡如是地決定著：我要改變他的生活，一定得做他的監督者。但是像他那樣過慣了懶散生活的人，倘你要在一二天內叫他拋棄了從前的習慣——那一切愛喝酒，愛吵架，不愛做事的習慣，那當然是不可能的。我只有慢慢地啟發他，啟發他的自尊心。同時也留心他，到底他的能力是做那一種事情最適當。總之，逢到了可以談話的機會，我總要婉曲地向他解釋，像他那樣一個年富力強的人，要是自己留心一點，愛好一點，總可以設法把生活安排得比現在合理一點，受人尊敬一點的。於是我決心讓他暫時住在我家裡，到我的教育收到了相當的效果，再放他走進社會去奮鬥吧。

我為他留意著，打算著，後來終於得到了一個機會。

這是在他住到我家裡半個月之後，一個天氣很和暖，雲也大海似的青碧著的暮春的日子。

那天下午，我偶然在街頭遇著了一個十年前的舊同學，他正在一家轎行雇轎子。多年不見了，但他給我的第一個印象，依舊是先前那樣年輕，活潑，臉上依舊是浮著一團十年前所常見的可愛的笑影。我問起他的近狀，他說是在縣城裡的一個初級中學裡當校長，雖然薪給少，生活卻滿意，而且這種生活也就是他理想中的生活。他說，每天對著一些尚未失去天真的少年人，不知怎的感到了一種極大的安慰，心境也會樂觀而愉快起來。他說，他們是自己這一代的承繼者，倘使我們能夠好好地教育著，領導著，那麼我們在這苦難時代裡的未完成的艱苦的工作，就有人來繼續擔負了。他說著，清癯的面上露出了一種無從描寫的歡樂的神情。我呢，恰恰相反。我聽著他的話，我底沉靜了多年的心，不知怎的，如像在一口古井裡投下一塊石頭去，經他這一擊，突然漾起了一陣感情的細碎的波瀾——這波瀾，連自己也說不清是甜蜜，還是悲哀。我想邀他到家裡來住一宵，乘這一個機會，可以談點別後的事；但他執著說有事必須走，所以我們只匆匆敘了幾句寒暄就分手了。

回到家裡之後，我心裡感到不舒服，但也說不出這不舒服的原因在那裡，大約是為了別人在掙扎著前進，而自己只躺在一大堆腐朽了的白骨堆裡，連翻個身的企圖都沒有，在這一個相互的對照下，未免自慚形穢，自覺衰老了吧。

但接著，我也便忘記了自己的可憐，想起春茂叔來了。我覺得像春茂叔這樣一個人，字是認識幾個的，氣力也還不算弱，人又不狡詐，倘介紹到學校裡去當校役，真是最妥當不過了。而同時為春茂叔自身著想，這也未始不是一個改變生活的最好的機會。況且像我老友那樣的人，真可說是在社會的熔爐裡磨鍊成了純鋼的意志的，那叫春茂叔上學校裡去見見世面，也可讓他知道自己從前的生活的空虛與可恥。我一面這樣思索著，一面就坐在家裡等他回來。

他回來了，他和往日一樣醉醺醺地踏著夜色回來了。

在我招呼他坐下之後，我就把剛才盤算著的這番意思告訴了他。我說話的時候他是低著頭，是的，他是低著頭在聽我的話；但是沒有等我說完我的話，他就搖搖頭，面色也變成了灰白，好像不耐再往下聽的樣子。

「你不願去做校役呢，還是有什麼另外的意思？」我看到他只搖搖頭，話可一句也不說，不由得使我疑惑他誤會我這一番好意了。

「不是的，不是的。今天我聽了一個新聞，因此什麼事情都懶得做了，覺得富貴榮華前生就注定了的。」

「聽到了什麼可感觸的事情呀？」我料想他又在那裡說酒話了。

「我今天早晨上酒店去，聽見別人搶著在那裡說，王村的王癩子打著了頭彩，發了五千塊錢的大財。我當時還不肯相信呢。但是到了下午，我就親眼看到了，王癩子坐著一頂綠呢大轎，抬進縣城裡去領錢。我看了這情形很氣憤，覺得王癩子會發財，我總也該有交運的一天吧。我特地花二角錢去排了一個八字，但是據算命先生說，我是要窮到老的了。」

他說完了又搖搖頭。從他那帶著嘆息的語音裡，從他那兩次頹喪的搖頭裡，這是誰也可以看出來，聽出來的，對於王癩子的打著頭彩他是懷著羨慕與嫉妒，而對於自己的窮到老的運命發生了憤怒和憎惡。

我覺得再沒有向他往下勸解的必要了。他從前只有愛喝酒的一種生理的惡癖，而愛鬧架是為喝醉了酒的一種必然的結果，不能算作一種壞習慣的，所以我對他的前途還存著一種幻想。但現在已證實他不僅有醉酒的惡習慣，而且還有一種運命主義的壞心理盤踞在他的腦海間。我是再沒有援救這一個絕望的人的力量了，我只有讓他自己爬到滅亡的深潭裡去。

那天夜裡，我是無論怎樣也睡不去，春茂叔的影子，晃著，晃著，第二次反覆地出現在我眼前。

我閉著眼睛在夜的黑暗裡這樣思量著，我既沒有能力改變他的生活方式，自然得叫他離開我的家的；因為長此住下去，對於我個人倒無妨，所可慮的，是他那種壞習慣，壞心理，恐怕要影響到我們的天真的孩子。但是此刻突然叫他離開了，對於他，事實上又未免是一個過重的打擊。那簡直是叫他做叫化子，住涼亭去了。因為我自信得過，除開我，我們鄉里恐怕不會有，雖不敢說絕對不會有，第二個人肯收留這樣一個醉鬼的。這樣反過來一想時，我又疑惑著，躊躇著，對於這一個人，簡直想不出一個好辦法。後來我終於自己騙自己地這樣決定下來了：他雖沒有可救的希望，但我為著人道主義著想，趕走他是不應該的，就讓他住在我家裡吧；至於小孩子，不妨告訴我的妻，教他當心點，不要使孩子和春茂多接近。

但是說也奇怪，春茂叔那一付乾癟了的臉，那一雙像蠟塑似的沒有光彩的黃眼睛，那一張成天蒸發著酒味，像個老舊了的酒葫蘆似的嘴（這一副模樣，想起來再也不會引起兒童們的歡心的，）可是我們的孩子不知從那一天開始，卻愛上了春茂叔，喜歡跟著春茂叔了。

春茂叔白天是不在家的。但到了晚上，我們的孩子總要等春茂叔回來，和他糾纏一回才肯睡。春茂叔真有本領，他那一臉傻相的笑，能夠引起我們孩子的快活。看見了他，孩子就會伸出他那又白又嫩，像夏天的雪藕似的小手兒，去摸他那又糙又黑，長著無數參差不齊的硬毛，像一個刮不光的江北豬頭似的長下巴。他那粗而帶啞的聲音，也像敲著一個破瓦罐；但是真奇怪，他那不諧和的聲音卻能勾引我們孩子的耳神經，我們孩子看到了他好像非糾纏著他說一些連我們也聽不懂的傻話，不會舒服似的。

我和妻開始憂愁起來了。春茂叔對於孩子的壞影響，已經超過我們的意料之外地影響著孩子了。叫他走嗎，這就是趕他跑到滅亡的頂點去，叫他不走麼，這就是留他在家裡教育著，訓練著我們的孩子。

但我們終於在因循，躊躇之中把這個問題擱下來了。妻也只會嘆嘆氣，想不出一個妥當的辦法。

一天晚上，我們家裡失了竊。偷去的東西並不多，照例是些不值錢的東西，如衣服，銅錫的器皿，自鳴鐘，花瓶……等等，無非是一些日常的用品而已。但這一失竊卻引起了我的憤懣。對於窮人，不幸者，我們不僅同情著，在可能的範圍內，向來是盡量地幫助著他們的。而現在他們光顧到了，照應到了我們的家了。

我疑心這花樣，也許就是春茂叔玩出來的。我知道他是一個爽直的男子漢，偷竊是一向鄙棄的；但他現在窮了，借錢又不好開口；因為住在我家裡再向我借錢，自己也覺得有點過不去；無可奈何之中想出了這花樣，叫別人來動手，他從中分潤一點紅利。

就是這把戲不是他所玩的吧，至少他也該負責任的。他回來遲，又喝得醉醺醺，有人跟在他後面是不覺得的，而那扒手就在那時跟著他躡進了我們的家，在黑暗的角落裡躲藏著。等到我們大家都睡靜，連春茂叔也睡靜，他就動手玩起把戲來了。所以，他是毫無問題該負一部份責任的。

於是在他回來的時候，我就盛氣凌人的去問他：

「你知道嗎，昨夜我們家裡失了竊。我問你，你知道這人嗎？」

「我怎麼知道呢？」他說，「倒底怎麼一回事情哩？」

「我對你說，昨夜我們家裡偷去了不少的東西。這十年來，我們家裡從來不曾失過一次竊的，而你住進來之後，不滿一個月，就發生了這事情，所以……」我沒有說完又停住了，覺得不好意思再說下去，也可以說，我沒有勇氣對這個不幸的人下最後的哀的美頓書。

「我知道啦，我知道啦，」他突著眼睛迅速地說，「你疑心這事情是我幹的，至少這賊骨頭是我帶進來的吧。不是麼？先生（雖然他是我的堂叔，但我們鄉下的習慣，對於讀書人，一般人都尊重他，稱他先生的，）我可以對你宣誓，也可以對皇天宣誓，我春茂是餓死了也不肯做這事情的！請你原諒我直說，你是錯怪我了。」

「好了，我並沒說你，不過這樣隨便問問吧了。」

雖然我把這失竊的事情完全不擱在心上，第二天就忘記了；但在他好像這是一個永遠不會忘記的侮辱，這一生他是不會再饒恕我的了。回來的時候他總陰沉著臉，帶著滯鈍的眼光，緊閉著嘴唇，就是他那瘦削的耳朵，尖的鼻子，聳起的顴骨，他面上的任何一部份，也顯得和往日有點異樣了。我對他漸漸厭惡起來，覺得他是太不識相，太不知趣了。但我們的孩子還是愛纏他，好像不肯放過他一夜似的。

妻在床畔對我說：「春茂叔是愈來愈古怪了。我們得早點叫他走，否則，真會惹出大禍來也未可知的。」

但這也不過說說吧了，我和妻都沒有這樣的勇氣這樣的決心，叫一個被人世遺棄了的人離開我們的家，讓他露宿到潮溼的田野裡，荒涼的溪河畔，雨打風吹的破老的涼亭裡去。

挨著，挨著，在大家都感到煩悶之中，時間又一星期挨過去了。

叫他離開的一天終於到來了。我們終於下了最後的決心。

是一個天氣頗好的初夏的下午，日子漸漸長起來了。妻怕孩子餓，做了一些粉點心；但想找他來吃時，卻又尋不到他的影子。妻以為在隔壁嬸母家，叫娘姨過去叫，回來也說沒有去過。這可令我們焦急起來了。被別人拐走麼？不要說我們的孩子是再乖也沒有的，就是下午也並沒有陌生人來過。我們找不出孩子失蹤的原因。他平日是成天在家裡的；除了有時上隔壁嬸母家去玩一忽兒，再沒有第二個可去的地方的。在絕望之中想起春茂叔來，也許是他帶著孩子上酒店去了。

果然，當我跨進酒店的門檻時，劈頭第一眼觸到的，就是春茂叔和我們的孩子。在一張汙黑色的杉板舊木桌旁，我們的孩子盤坐在春茂叔的膝踝上，臉上浮著狡猾的笑，雙眼凝視著春茂叔的豬肝色的嘴唇，口兒在翕動著，大約在那裡咀嚼著什麼東西。等我走近桌旁時，看到放在桌上的，除了一把汙黑的錫酒壺和一隻紅泥小酒杯之外，就是一碟灰綠色的茴香豆。我的心兒不禁砰然地跳起來，天哪，原來他竟讓孩子在那裡吃不易消化的茴香豆！這時孩子也看到我了，可是他並不叫，只嘻嘻地笑著，做著油滑的歪臉，還從碟裡拿起了一顆茴香豆，剝著，拿著豆殼兒來擲我。我自信算得上心平氣靜的，對於一切外來的侮辱都會淡然忍受的，這一回可也冒起火來了。我感到一股熱辣的怒氣，像一條巨大的毒蟒，從我的心底爬起來，匍匐著，匍匐著，匍匐遍了我的周身。我懷著一片好意收容了一個無家可歸的酒鬼，而他卻把我看成了一個呆子，一塊木頭，一件無用的廢物。他戲弄著我，欺侮著我，利用我的心腸軟，竟拿著我的孩子來玩惡作劇了。這是一種不可容忍的侮辱呀，這簡直比侮辱一個寡婦，一個瞎子，更其手段毒辣了！我的血漲滿了我的眼睛，我的手兒發著抖，我的憤怒塞住了咽喉。我睜著眼睛向他望過去；而他卻泰然自若向我笑笑，又點點頭，話是一句也不說，手裡是拿著那個紅泥小酒杯。我真憤極了，從他的膝頭上一把抱過了孩子，不管孩子嚷，也不聽他在說什麼話，像從一個強盜手裡奪下了劫物似的，抱著孩子就飛快地跑出店門了。

回到家裡之後，孩子還是哭嚷著，鬧著，要回到春茂叔那邊去。他的天真而簡單的腦海裡，現在是已沒有哺養他的父母的親切的印象了，盤踞在那裡的，怕只有一個春茂叔的酒氣醺醺的面孔吧。任你給他糖果，給他安慰，給他哄騙，像對一隻頑強的猴子使用狡詐的手段，任你用盡了一切的力量，他還是不給你半點代價。我們沒有方法停止他的哭嚷，心裡是又氣，又憤，又悲痛，可說是傷心到了極點。妻的面色變成了死灰一般的蒼白，兩手發著抖，唇兒也抖動著，簡直渾身在顫抖了。我呢，一面抱著孩子，一面也抖動著嘴唇，儘管對妻這樣安慰著：「我當初不該留他進來的，現在悔也來不及了。我們只有叫他今夜立刻滾蛋。這種沒有良心的人，就是凍死，餓死在田野裡，也沒有一個人會憐惜他，替他說一聲冤枉的。」

孩子終於因為長久的哭嚷而疲憊，熟睡在我懷裡了。於是我和妻商量著，結果得到了這樣一個結論：春茂叔不是糊塗，而是有意要引誘我們的孩子走壞路，學他那壞榜樣——或許那榜樣，在他以為是好的也未可知。但我們對於別人的善意的幫助，而代價是得到了這樣一個苦痛的結局，這我們不能怪別人，只好怪自己沒眼睛，現在呢，是別人負我們，不是我們負別人，所以也顧不到別人的悲慘的將來了。我們只有叫他立即離開，任他去做強盜，綁票，小偷，乞丐，或者凍死，餓死，我們是再也管不了這許多。

春茂叔回來之後我就對他說，而且事前我還預備好了這樣嚴厲的話的：「春茂叔，你好！你總算教壞了我們的孩子，來報答我們的床鋪和被席！」可是一見了他的面，我的口氣又軟了下來，我是客客氣氣地向他說著，他住的那間房子現在因為有別的要緊用處，只好請他暫時住到別處去，將來如果有機會，仍舊可以住回來的。

他聽到我這話時的表情，我實在想寫也寫不出來。他的酒力突然消失了，面色變成了一種衰敗的蒼黃。他的眼光發著直，釘在我的面上，使我的兩個腮頰感到一種可怕的寒冷。他的唇兒在顫顫地翕動著，似乎幾次要想對我說些什麼話，但又都沒有氣力的嚥下去了。他木然地直立在我面前，不動也不說話，好像已經忘記了自己的存在。這時候，我才清楚地，為以前所不能比較的清楚地，看出了他的衰老了的消瘦的臉，他的枯黃之中帶著灰暗的貧血的顏色，他的破破爛爛的衣裳，他的黏沾著泥上的蓬鬆的萎黃的頭髮。我的心又重新沉重起來，覺得這是一個對於不幸者的太悽慘的打擊了。正在我的柔懦又脆弱的感情漸漸緊張起來的時候，他突然，好像用盡了吃奶的氣力才從喉間迸出來的，帶著顫抖地說出了這一句：

「我……去……了……」

於是像一個野鬼悲嘯一聲地逝去，他頭也不再回過來，拖著沉重的足步，疾速地跑走了，這時候，我忽然這樣意識到，一定眼淚已經含滿在他那陷落的兩眶，再沒有勇氣回過頭來罷。想著，我的心臟不禁痲癢起來，我的毛髮不禁悚然。

夜裡躺在床上，我老睡不去。這倒並不是為他今夜的可憐的流落難受，而是要安慰安慰自己，我心裡在勉強這樣自慰著：「得啦，你別老替他愁悶吧。一個人，只要不是啞子，就是啞子也會裝手勢，絕不會找不到一個借宿的地方的。明白點，不要再替他做愚笨的夢了。」

像哄小孩似的哄了半天，才把自己的心境騙得有點安定了。但第二天仍舊不敢向別人問起，也可說不願向別人問起，關於春茂叔昨夜的消息。然而這樣也沒有用。一到了黃昏，不知怎的，一團愁慘的雲霧圍到我的眼前來；隱約在這團愁慘的雲霧裡，是一個春茂叔的可怕的影子。

直到一星期之後，我的心才完全鎮定下來。白天也好，黃昏也好，夜晚也好，春茂叔的嘴臉再不會出現在我的腦海裡了。好像世界上並不曾有過這樣一個人，至少我是不認識這個人的。

我是為一些瑣細的家事消磨著我的歲月，我是無目的地向死亡爬行著。一天，大約在春茂叔離開我家半個月後的一個黃昏，在一個本家的喪筵上，我第一次聽別人說起春茂叔近來酒喝得更利害，脾氣也更壞了。下午是成天坐在酒店裡，直到酒店關了門，還要買好一竹筒黃酒，才肯慢慢地踱出店門去。夜裡睡在涼亭裡是沒有疑問的，因為每天早晨涼亭裡的過路客，總見他老人家在那裡呼呼地熟睡著，大約至少要十二點鐘之後，才肯懶洋洋地爬起身來。人是瘦到像一個鬼魂了，大約離開死亡的日子也不遠吧。

聽到這消息，不知怎的，我忽然害怕起來。一種強烈的憂愁纏住了我的心，好像我犯過了一回罪惡滔天的事情，而如今是懺悔也來不及了。對於他，這一個愚蠢的頹廢的人，我始終沒有盡我最後的力去教育，去感化，只趕走了他，來逃避我對於這一個不幸的人的責任。明知他要更墮落的而不去援救他，現在他果真已經走進墓穴的門口了。

我鬱鬱不歡地離開了酒席，懷著悲愁，提著燈籠，踏著滿眼淒涼的夜色走回家來。在我將近門口的晨光，忽然看到石階上躺著一個人似的東西，這使我本能地心悸動了一下。再走近去仔細看看時，原來就是春茂叔呀！

有如戰亂之後，家人離散，一旦在異地遇見了骨肉，我不禁喜出望外，心也忽然輕鬆起來，年齡也似乎青了好幾歲了。我緊緊地拉著他的手兒（這是我第一次拉他的手兒呀！）讓他走進我的家裡去，但他已像一個病後的老人，抱著一個酒筒，拖著滯重的腳步，慢慢地顛蹶著。

在黃昏的燈光下，我看到他這個人完全改變了。是的，完全改變了！他的臉色變成了鐵青的，他的顴骨，額角，耳朵，鼻子，一切輪廓都聳突得太可怕，好像在他身上沒有血和肉，只剩一張枯皮蒙著一付骷骨吧了。這時在我的心頭，是裝滿了無限的歡樂，同時也裝滿了無限的悲哀的！我知道他的精神上，肉體上，在這半個月內兩方所遭受的損失都極嚴重的，至少他是衰敗了。我想找幾句頂體恤的話來安慰他，好使他忘記了從前我所給他的一切殘酷的印象，我們來重新做個好朋友。我這樣說：

「春茂叔，你要喝酒嗎？我這裡有好酒，是昨天一個朋友送來的，是陳年的紹興花雕。」

「我不想喝。我覺得身上非常不舒服。」

「那麼，你還是去睡吧。我想休息一二天，你就會健起來的。」

我扶他進房去，為他安排好床鋪，我小心翼翼地伺候他，像對他贖罪似地。我又為他沖好了一碗茶。然後向他鄭重地告別，叮嚀他，明天千萬遲點起來，中飯可以在我家裡吃，這用不著客氣的。

第二天，他竟病倒起不來了。渾身發燒著，面色喝醉了酒似的緋紅。我問他茶，問他稀飯，問他水果，都說不要。我的心有點焦急了。我覺得這不是好現象，倘不趁早去請醫生來診斷，讓它自然發展下去，恐怕不會有好結果，也許是凶多吉少的。經過醫生的診斷之後，我的疑惑更得了一個可靠的證實，他所患的是極凶險的傷寒症。

藥灌下去，好像是一碗清水，也許這碗清水裡還含有毒質的，他的病象只有一天天的加凶，談不到有起色。我伺候他，當作我的家人似的殷勤地伺候他；因為除此之外，我別無好辦法，可以使他的病霍然痊癒。他不對我說話，也許是沒有說話的氣力吧，只直著兩隻陷落的大眼向我瞧。問他可要東西吃，只搖搖頭。

他的病勢愈來愈險惡，醫生終於說可以安排身後事了。他自己好像也知道，這兩天老望著我，他的幽暗的目光蛇似地纏住我周身，好像有什麼遺囑要告訴我，但又沒說出來。我不好意思去催他，只有安慰才是我對於一個無家可歸的臨死的病人的責任。

在他病倒後的第六個晚上，他忽然向我裝著手勢，是叫我過去的意思。待我走到他身旁，在床畔輕輕地坐下去的時候，他就用顫抖的低微的聲音對我這樣說：

「先生，我想對你說句話。」

「什麼話？你儘管對我說吧。只要我能力辦得到，我沒有不可以幫助你的事情的。」在我心裡，他所要說的，大約不外於他的身後事吧。

「從前我在你家裡的時候，你家不是失過一次竊嗎？」他顫抖著。

「是的，」我躊躇著回答。這時我才發現怨恨像一條毒蛇纏在他心上，到此刻還不肯釋放他。我已料到，這幾天來他躊躇著想對我說的，並不是我意料中的身後事，而是在人世間所感到的一切侮辱的一個最後的報復。我靜候著，等待他的嚴重的審判，像等待一個法官的審判一樣。

他的黯淡的枯燥的目光忽然明亮起來，像夏天的夕陽的反照，很有力的逼視在我面上，使我低下頭去。

他驟然從床上坐起來，此刻已顯得像一個神，我也忘記了他身上的凶險的病了。

他勉強提高了衰敗的又低沉的聲音抖顫著向我說：

「先生，我是不成了。不過，這件事非向你說明我是死不去的。我對你說，那天偷東西的人，真的不是我呢；但我當時也沒有方法可以證明。自從離開了你的家，我就每夜在你這房子的周圍巡邏著。我知道像你這樣一個好心腸的人，失去了東西一點不聲張，也不生氣，他們第二次一定又要來光顧你的。我心裡這樣打算著，我務必要捉住這一個賊骨頭，也好洗一洗我的心跡，吐一吐我的冤氣！但是閻王不容許我，我的身體只有一天天的弱下去，到了那天晚上，我實在再也支持不住，只得躺在你家的石階上了。現在呢，閻王不讓我捉住這一個可惡的賊骨頭，洗一洗我的心跡，就要叫我回去了。我也只好等下世再來報答你，再來捕捉這一個害我的賊骨頭了。先生，你以後最好當心點，對於一個好人，他們是什麼事情都做得出來的……」

我這時突然流下了兩行冰冷的大眼淚，我的心窩凝凍著，千萬種說不出的苦惱一齊鑽進我的腦子裡。我覺得像他這樣一個偉大的受難者，我竟像瞎了眼睛似的，和他相處一個多月竟一點也看不出來。等到他自己向我告白的時候，已是他走到生命的盡頭的日子了；我現在再沒有給他安慰的機會，他將永遠地懷著人世的悲慘去長眠在地下了！我要向他跪下去贖罪；但我的兩腿麻木著，已不能聽我的指揮。我噙著眼淚望著他，一句話也說不出來。

沉默包圍在我們周圍，好像整個世界已經死亡了。

他的黯淡而悽慘的眼光，像那快要熄滅的煤火似的，已蒙上了一層可怕的灰白，凝視在我臉上。

「你要喝點開水嗎？」我想不出一句其他的話來說。

他搖搖頭，他的陰沉的眼光從我的臉上收回去，沉在床上了。這時候我看見兩粒乾燥的眼淚從他那陷落的眼眶裡迸出來，凝凍在他腮頰上。我真傷心到了極點，我的每一根血管都快要僵硬了。我知道含在他那兩粒眼淚裡，是一個受盡人間的侮辱，譏笑，詛咒以及一切不正當的虐待的苦鬼的最後的悲哀。

他又抬起眼光來望著我，沉默著。

過了好一忽兒之後，他的灰白的唇兒忽然劇烈地翕動起來，好像想對我再說幾句話，但終於只迸出了這幾個可怕的字：

「先生……你以後……最好……當心點……對於……一個好人……他們……是……什麼……事情……都……做得出……來……的……」

此後就不再說話了。直到他斷了氣，他的陰沉的慘痛的目光還是凝視著我，沒有離開過一秒鐘。

現在，時代已經變換了，連我們的孩子也早已忘記春茂叔了。像春茂叔那樣被社會侮辱著，壓逼著的弱小的人們，也不像他那樣只會喝酒，吵架，過頹廢的生活了：他們要以眼還眼，以牙還牙。

但我是無論怎樣也忘不了他臨死時的慘痛的蛇一樣的目光的，它將纏到我死去吧。他那「對於一個好人，他們是什麼事情都做得出來的」這一句話，是永遠在我耳邊嗡嗡地響著，我覺得這話好像就是為他自己的命運說的。

雨後

下午四點鐘。春雨的落著。街上只看見電車，洋車，摩托車，行人很少。大家都悶在家裡吧。雨天在家沒有事，照例聽到了竹梆聲便會有女人出來喚住他。但今天不知為什麼緣故可有點兒不同，任他一弄又一弄躁急地敲過去，沒有聽到吱的開門聲。是太太們麻雀牌正摸得起勁忘記了肚子呢，或是上午已經買好肉，預備自家做點心呢，這是誰也無從知道的，甚至平日最愛作成他生意，送餛飩碗出來的時候還時常給他讚美的那幾家公館，彷彿也沒有聽到他的竹梆聲。

天！怎麼今天偏偏這樣觸楣頭呢？自語著，他心兒有點慌張了。唔，今天是非賣到兩個洋沒有這臉面轉家去的，四歲的兒子正病倒在床上等他呀！臉孔紅得像一片豬肝，氣喘得像一部風箱在抽著，這症候不得輕！何況出門前女人是吵得那樣凶，罵他不爭氣的死鬼，沒出息的死鬼，彷彿阿保底病全是自己渡給他的。當時他沒有做聲，頭垂倒了。其實四十五歲才勉強成了家的他，愛兒子的心真比女人還更急切。可是沒有銅子兒你怎麼給他醫？可憐下午又偏偏落著這的細雨。

心一焦，竹梆聲顫散在細雨裡，連自己也覺得有點聲音慘。他手軟了。

「餛飩……麵……」

彷彿勉強從喉嚨裡擠出來的，非常不自然的，細雨中又抖著他的空洞的聲音。從碧雲裡轉到長慶裡，又從長慶裡轉到福壽裡。他故意放慢了腳步，同時又拉長了他的滯重而瘖啞的聲音。

馬路上的街燈已不知於那一剎間放光了，慘黃的，陰沉沉的。唔，他記得的，阿保的眼睛也正和這燈光一般沒有氣力呢。唉，天哪，天色慢慢黑下來了，到底怎麼辦呢？兒子的病也許變化得更凶，女人也許又在拚命詛咒他。她那副披散了髮，流著眼淚流著鼻涕，又潑辣又悽慘的樣子，倘使不賣到兩塊錢，他實在沒有這勇氣回去看她。啊，女人真不懂事，阿保又實在太可憐！

兩塊錢！兩塊錢！怎麼賣得到兩塊錢呢？如其不成功，又什麼地方去弄錢呢？想著想著，他忽地自家笑了起來，口裡莫名其妙的喊出了一聲「有了」。對，那拉洋車的張毛頭不是曾經借過他兩個洋嗎？一直到現在沒有還過他。對，這個時候向他去要，就是不湊手，借來，當來也得替自己去張羅的。心裡一快活，額上的皺紋漸漸散開了。

「喂，賣餛飩的。」

幸福真不是單獨走來的。才想到一條弄錢的路，居然生意也跟著跑上來了。他笑嘻嘻的迎上去。

擔子停在福壽裡十七號門口。做好了兩碗餛飩。油和蔥特別放得多。然後他又重新想到張毛頭身上，怎樣開口向他要錢。但他忽然間變得幾乎呱的一聲哭出來了。啊，張毛頭不是一個月前因為軋姘頭坐在牢裡嗎？他眼前湧起了一陣黑。雖然他心裡還不願意承認這回事，但愈否認反而記得愈清楚，後來連毛頭坐在牢裡那副可憐相都浮到眼下了。啊，自家怎會糊塗到這地步，怎麼有錢會借給張毛頭那樣一個不成材的東西？

「噲，餛飩錢，你這老頭子昨夜裡沒有睡覺嗎，怎麼昏昏的那樣打不起精神呀？」

心頭噗的跳了一跳。抬起頭，剛才買餛飩那個穿黑短衫的女人抿著嘴在笑，彷佛已窺透了他的心思。他有點窘。但那女人將錢塞在他手裡便回進去了。

今天只賣去了四碗。連此刻的兩碗，也不過六碗。打開小抽屜，裡面零亂地散著幾十個銅子。僅僅的一個灰白色的銀角子晃在中央，顯得非常觸目。他抖著手指放下了剛才的兩角。叮的一聲響，聲音清脆悅耳，異常好聽。啊，要是今天已經賣去了二十碗，能夠聽到十回清脆的銀角聲，那將是多麼幸福的一個下午啊！不僅免得再徘徊在這細雨裡苦惱，回到家裡還可以卜得家小的意外的驚喜。他的女人，見他挑了擔子回來先是擺出一副冷冷的臉色，用一種銳利而使人感到毛骨顫悚的討債的口氣，問他可賣到一塊錢，這是毫無疑義的。但一旦聽到他今天賣了兩個洋，在她，一個永遠在飢餓與苦惱裡打轉的女人，那將是一個多麼意外的驚喜呀！

他彷彿看見妻的臉上露出了一絲從來不曾看到過的和悅的微笑，拿一塊破布抹淨了一張木凳子讓他坐下來歇歇力；同時用一種從來不曾聽到過的婉轉的口吻，說他出去之後，阿保一直睡得很好，現在也沒有醒，所以他最好也不要去打擾他的睡覺罷。她接著還說，阿保的病象雖說沒有起色，可也並不加凶，危險是不會有的了。她就怕他外面也老擔心保兒的病，因而做生意也打不起精神，那才真糟透了啦。現在既然有了錢，馬上可以上竹茂裡去請王先生。去年隔壁陳得發的小孩子比阿保還病得更凶些，但吃了王先生的三貼藥，不是過了一個星期又會拾破布嗎？阿保正月裡給他算過命，瞎子先生斷定他大起來還會做老闆呢。那樣一顆福星會死嗎？現在，跑了一個下午人一定人很累了，歇歇力吧。王先生她會去請的。說著，她開始用一種從來不曾見過的矯健的腳步跑出去了。他心裡非常舒服，因為她說的話實在句句太中聽了。目送她的影子消滅在門外之後，他就偷偷地站起身，躡手躡腳的移到阿保的床前。阿保閉著軟軟的眼皮，睡得正甜。兩個腮頰紅紅的，像兩顆小蘋果。唇上擁著微笑，彷彿他在夢中買到了一個想了一年，終於因為爹爹媽媽太窮了，始終不曾捧在小手裡撫弄過的洋囡囡。他也只微笑著向他看看，沒有做聲。接著輕輕地伸出了兩個手指去撫弄他的頭髮，深怕手勢重了會驚醒他的好夢似的。

嘟……嘟……嘟……嘟……

一陣突然而來的聲音又劫走那甜睡在他眼前的阿保了。慌忙地抬起眼睛，一輛綠色汽車正在緩緩地駛進弄堂裡。汽車裡坐著一對年輕的婦人，臉上打滿了粉和脂胭，扭著紅紅的嘴唇不知在談什麼開心事。在她們膝前，堆滿了許多大大小小紅紅綠綠的紙包。紙包上盤坐著兩個粉紅色的洋囡囡，肥胖的，可愛的，正是阿保夢想了一年而始終不曾得到過的。汽車伕露出了驕傲而又厭憎的臉色，歪著眼睛向他看看，口裡在窮凶極惡的吆喝著：

「豬囉，尋死嗎？還不滾開！」

他一聲不響的懷著委屈蹩到弄堂外面。心裡重新又蓋上了一片黑暗的雲。他很牽念阿保的病勢，不知此刻有否變化。聽說上海近來什麼紅斑痧很流行，染了這個病只有三天好挨。阿保的臉色不正是很紅嗎？也許就是紅斑痧吧？那怎好？下午又只賣了六角錢，怎麼能替他請醫生呢？他彷彿看到阿保的面孔此刻已紅漲得像自己喝醉了白乾的時候。兩隻小手兒盡抓著他的面孔，顯然兩個腮頰已熱得受不住了。他一面在床上打著滾，一面哭喊著媽媽，一定要脫下他的小衫褲。媽媽不准他，他又亂喊著爸爸。於是他的媽媽沒辦法，心裡又急又慌，禁不住也哭出來了。她一面揩著眼淚又拍著阿保，一面哭罵著他這「老勿死」，將病人放在家裡不管，在那裡歇下了擔子打渴睡。

天！這樣的情形，我怎好轉去呢？真倒是死了我這條老命還乾淨些！啊，做人總要做有錢人家的人呀！他們的小囡個個養得白白胖胖，稍稍有點不舒服，半夜三更也會開了汽車請三四個郎中先生給他醫。你想福氣多麼好！我們的阿保，人真伶俐，只要看見我的朋友進來便跟著叫伯伯，跳上了膝頭要他抱；那一個朋友見了不稱讚他？什麼事情都一教就學會的。誰對他好，誰對他壞，都分辨得很清楚。啊，我的保兒，像你這樣一個聰明人，為什麼不投到有錢人家的娘胎裡去？要是你生在洋房裡，不要說一個洋囡囡辦不到，便是汽車也有你的福份坐。不說這樣病重做爺娘的沒有錢替你醫，只要你喊一聲嘴乾，便會有娘姨拿了白瓷茶缸來喂你。保兒啊，這只能怪你自己命苦啊！做爸爸的實在金元寶一樣歡喜你的，可是他賣不掉餛飩有什麼法子想呢？要是可以換一條性命去生病，你的爸爸就是代你去見閻王也願意的……

彷彿阿保真的已經死去了，裹著一身破衣服，挺在一張黑汙的又低低的木床上。一碗油燈燃在他的赭黑色的小腳旁，慘綠地微笑著。娘在撫屍痛哭，一大顆一大顆的眼淚落在阿保的臉上。

天色又漸漸放晴了。雨後的白雲在晚空中飄著，速度很慢，像要墮到洋樓的頂上去。街燈的光漸漸明豔，水綠色的，夾在馬路兩旁的列樹裡，在偷偷的窺著行人。汽車如水流一般在馬路上馳卷。電影正散場，紅男綠女成群的湧出來，唇上都留著一種滿足的微笑。從白俄老太太主持的咖啡館裡，裝在留聲機器裡的抑揚的舞曲斷續地傳遞到街上。這正是紳士太太們的美麗的都市的傍晚。一個春的都市的傍晚。

但對於他，這賣餛飩的老頭子，雖然天天在馬路上等待黃昏慢慢蓋到地上來，卻從不曾留心過黃昏的憂愁的美麗的。有之，便是天又夜了，餛飩還賣不了幾碗，回到家裡又要聽他女人的咒罵，這樣一種擔憂而已。此刻，更不同了，簡直連天色放晴都沒有覺到。

也不知道上那裡去，他盡挑著擔子一步一步向前挨。他的腳非常重，如鎖上了鐐銬，一步步都覺得疼痛。肩上的擔子像山一般壓下來，肩胛骨非常酸。身子盡向前倒。眼睛裡朦朧著一片模糊的淚水。完全如在黑暗中顛蹶著。

一個漂亮的西裝少年，伴著一個二十左右的美麗的姑娘，迎著他的擔子踱過來。女的正在剝著一個金黃色的暹羅蜜柑。

剝開皮，伴著一個媚笑獻給少年一瓜柑。他笑迷迷的接了過去。咬下半瓜，又仍舊遞到她唇邊。她順著男的意思嚥下去了。接著昂起頭兒向他做出一個無限風騷的媚笑。

吃完蜜柑，女的拿橘皮抛到路上去。湊巧，正碰到這心亂如麻的老頭子的腳下。踏上去，他滑倒了。一陣呯澎呯澎的聲音四濺在馬路上。

小小的鐵鍋子。潔白的碗片。碎紙一般的餛飩衣。鮮紅的碎肉鬆。銀絲般的麵條。銀角和銅板。醬油，蔥以及其他的配料。一切都灘散在馬路上了。這老頭子被壓在這擔子下面，軟軟的，像一隻斷了腰的螳螂。一時間，他一點聲音也沒有，約摸暈過去了。

等過了三分鐘之後，他才忽地挑去擔子，跳起來了。眼淚如驟雨一般掛下來。他先搶銀角和銅子。接著光著眼睛看看這塊碎碗片，又看看那塊碎碗片，看看肉鬆，又看看餛飩衣。兩隻手，朝天亂揮；兩只腳，瘋一般地在這堆犧牲品周圍兜圈子。狂叫狂喊著，他完全不知道怎麼辦法。

接著，等到人稍稍清醒了一點，他才陡然記起這橘子皮是一個女人抛過來的。連忙睜大了眼睛，到處找。但眼前就放著那女人，她已站在擔子旁呆住了。

這一幕禍變，這一陣突然而來的呯澎的聲音，這一個老頭子被壓在擔子下面，起先像使這女人吃了一驚。「哎呀呀！」她不自覺的這樣叫了出來。男的也怔住了。接著她忽然看到自己的新製的粉紅綢長旗袍給濺滿了醬油漬，像受了侮辱似的，她的驚惶的心緒又突然變成了懊惱的。「哎呀呀！」第二聲又不自覺的叫了出來。

「賠我！賠我！你賠我！」他不顧一切的揪住她了的衣角，悲慘的然而聲音非常遲鈍的說著，他的舌頭有點轉不過來。他那兩顆衰老的又充滿了瘋狂的血的眼睛，憤怒的又深怕她逃走似的釘住她。

被這樣一隻齷齪的老弱的手揪住了衣角，在她，覺得這是一種生平從未受過的侮辱。她又氣，又憤，同時又急得說不出話。她那脂玉般的纖手，她那慣和西裝少年挽著漫步的纖手，又不敢伸出去揮它。啊啊，這是一隻櫻黑色的骨瘦如柴的砌滿了皺紋的做餛飩的手喲！

男的，看到自己的愛人被這樣一個下等人在青天白日下面牽住了衣角，甚至被他那無賴行為氣得話都說不上，心裡也像被一把尖刀插進去了。豈有此理的！天下真有這樣豈有此理的事情嗎？他也顧不得這老頭子的齷齪了，慌忙伸手扳住了他的手，一面睜著眼睛氣喘喘地說：

「喲，你發神經病嗎？——手放下！滾！」

「賠我賠我，先生，我要她賠我！她的橘子皮把我的擔子滑倒了，我要她賠。」

他死命地揪住了不肯放手。

「你真的發昏嗎？說出這樣混帳的話來！瞎了眼睛自家滑倒在地上，硬纏著王小姐賠償，你這無賴手段那裡學來的？——手放下，不然我叫巡捕。」少年用力扳開了他的手，另一隻手握起了拳頭。

「葉，你瞧瞧，我的旗袍給他打滿了醬油漬！」看見一個騎士出來為她保駕了，心一寬，她總算好容易透過一口氣，說出話來了。但她的粉頰同時又忽地羞得緋紅了，因為她看見四周已經圍滿許多人，每一隻眼睛都跟著她的聲音注意到她的醬油漬，而且每一個眼光都彷彿在說著她的笑話。

醬油漬？一件粉紅綢的旗袍給濺了醬油漬？而且在馬路上！那還成個什麼樣子？西裝少年看看他愛人的旗袍的下緣，果然斑斑地給裝滿了鼠糞一般的斑點。啊，這件衣料是自己剪來獻給她的，她第一天穿在身上的日子便是第一天給他蜜吻的日子。這是他們愛情開花的象徵。現在被他濺上了醬油漬，這豈不是他們的愛情受了他的汙穢嗎？一股遏止不住的怒氣沖上這少年人的胸口了。揮起拳頭向這老頭子的腦門上劈下去，報復似的，同時還用漆亮的皮鞋尖踢著他的小肚子。「哎唷，哎唷」的喊了幾聲，又抖著身子掙扎了一回，這老頭子跌倒了。

「救命呀救命！巡捕先生，救命！」

四周圍看熱鬧的閒人都笑起來了。他那樣子，駝起背，抖縮著四肢，鼓出了一對眼睛，活像一隻蝦蟆。塗滿了眼淚鼻涕在地上打滾，口裡亂哼著「巡捕先生，救命。」

「哈哈哈，你這老頭子自家也太不留意了。怎麼會踏到一塊橘子皮上去的？」一個胖子半打趣半教訓似的說。

「喔呀，這老頭子怪可憐的。這樣大的年紀還要自己出來做買賣。耳聾眼花，不給汽車軋死，他的運氣總還算好的啊。」搖搖頭，一個自以為對他表示同情的中年婦人說，而且還替他嘆了一口氣。

「你們都不曉得的，瞎說。你們看他老嗎？是的。可是老雖老，他的骨頭結實得很呢。一個禮拜前，我親眼看見他在卡德路口也跌倒了一次，給一部運貨汽車撞倒了他的擔子。哈哈哈。他起初也像今天一個樣，哭，跳，攔住了汽車不肯放。但過不多久汽車就走開了，他也揩乾眼淚若無其事的挑起擔子走開去了。你們不要以為他今天瘋，你們看，馬上又會心平氣和的……」一個戴瓜皮帽的煙容滿面的瘦個兒笑著說。說完了話他很高興，因為那西裝少年很注意的旋過頭來聽他，而且還點著頭表示滿意。

「放屁！要是他有飯吃，誰高興落雨天摸出來？也許此刻他的老婆餓在家裡等他，也許他的兒子病在床上沒有錢醫……」一個穿藍短衫的工人，聽不過這些幸災樂禍的風涼話，禁不住反駁似的低語起來。但他們立即聽到他的聲音了，惡狠狠的，一齊拿眼光逼到他身上。於是他趕快嚥下了未完的話。

但這句話，「也許他的兒子病在床上沒有錢醫」卻像一顆子彈射進他心窩裡。他掙扎著從地上爬起來。蹶著，想伸手再去抓那女人的衣角，但又不敢挨近去。他彷彿比先前膽怯了。看看那男人，正咬緊了嘴唇在那裡注意他的動作。他抖顫著牙齒格格地說：

「賠我呀！賠我呀！我的兒子病得要死在那裡。」

「哈哈，」西裝少年笑出來了，「你們看，瞧不出這老頭子倒是一個大滑頭，槍花多得很。第一拳打不中要害，再耍他的第二手，拿他的兒子生病來嚇人了。」

大家附和著一陣笑。

巡捕過來了。擺開人眾擠進去。手裡提著一根短木棍，預備隨時遇到機會就請它開葷。他到了先不問情由，拿木棍敲敲擔子，又點點碎碗片。接著在這老頭子眼前晃了晃他的棍子，（彷彿替他的木棍找到了開葷的機會了！）說：

「怎麼，你倒了擔子不收拾？盡在馬路上吵什麼？」接著舉起了他的木棍，（對，開葷的時機快到了！）加重了口氣說。「快點，收拾了東西走路，不要再在這裡妨礙交通討木棍吃。」

「巡捕先生，可憐可憐我！這位小姐拿橘子皮拋到我腳下，把我的擔子滑倒了。」他抖著手指伸向那位蜜絲王。彷彿巡捕到了眼前，有了講公道話的，有了伸冤的泰山，膽子也大了起來，第二次想伸手去牽住她的衣角。但終於又在西裝少年的一個威嚴又可怕的眼光之下縮了回來，移到自己的臉上去揩眼淚了。

「朋友，我對你說，」少年拍拍巡捕的肩膊，而巡捕是和顏悅色地向他頓頓頭。「這老頭子自己不小心，不知怎麼滑了一交，卻向王小姐放無賴，硬纏著要她賠錢。你說，不豈有此理嗎？而且，」他伸手掀起了王小姐的旗袍的下幅，她那兩只弧圓的裹著長絲襪的肥腿兒露在外面了。「還濺汙王小姐這件新旗袍！這是巴黎貨，中國錢要花到三十八元。賣了他整個的餛飩擔子來賠償，恐怕也不及三分之一的錢呢。所以，你這次必須重重的懲罰他。否則，下次他會鬧出更大的禍水來也說不定的。」

那些看熱鬧的此刻早已不在聽這位西裝少年的侃侃的大議論，目光移到王小姐的肥腿上面了。

王小姐也向前扭了二三步，撒嬌似的向巡捕說：

「你看，給他弄得像一塊印花布了，還好再穿嗎？」

看看巡捕先生一聲不響的聽他們的話，不加以半句反駁，更沒有表示絲毫要她賠錢的影子，這老頭子可急起來了。他顫著膝關骨，像要向巡捕先生跪下去，一面搶著說：

「巡捕先生，你不要相信他們的話。我的話句句都是老老實實的，這位小姐的橘子皮害了我。我要她賠，我一定要她賠的。你替我講句公道話。巡捕先生，你可憐可憐我，一定替我講句公道話吧，因為我是靠這個擔子吃飯的。」

突然嗚嗚咽咽的抽起來了。簡直像一個小孩子。大家都看得好笑。巡捕也笑。事實是完全明白了，這老頭子自己不小心，滑倒在一塊橘子皮上！而這橘子皮，無疑的，是這位王小姐拋過去的。但馬路上拋橘子皮是犯禁律的嗎？決沒有的事。便是自己落了班，有時也時常剝著一個橘子回家去的。所以只好怪她自己不小心。但為了老頭子太可憐相，本來照例對於下等人吵架時所必需的，擺一個架子，發一回威風，請他吃幾棍木棍的例行手續，總算完全給他豁免了。他斂住了笑，慢慢地說：

「不要再說了。你們的事情我完全明白的。總算你運氣好，王小姐不要你賠旗袍。現在不要再囉什麼了，走吧。」

像天崩地塌的呆住了。怎麼，連巡捕先生也這樣不講理嗎？他氣喘喘的一時說不上話，兩顆眼珠死一樣的呆在巡捕身上。過了一會，他才號淘大哭的喊了起來，但喊出來的還不是這幾句使巡捕聽了頭痛的話：

「巡捕先生，可憐可憐我，你一定要說句公道話的——我的兒子病得要死，等我賣了錢回去給他醫病的。」

「你聽聽，他的槍花才多哩。正經的道理說不出來，二次三次拿兒子要死來嚇人。我看這樣一個有骨無血的老頭子，恐怕也不見得會有兒子吧。」

西裝少年漂漂亮亮的毫不在乎的說著。此刻他完全脫離了當事人的地位，彷彿也是圍觀這一幕趣劇的一個旁人了。

「對對，這寡老那會有兒子！」看客中間也有人附和著。

巡捕是為了這老頭子不識相，沒有順從他的意思挑起擔子走，反而繼續向他糾纏著，這使他，感到不僅自己的威風受了打擊，甚至巡捕房的尊嚴也都受到侮辱了。

他知道，這老頭子又是一個愚笨到非給他吃木棍子不肯心服的人。

驟然揮起棍子，在老頭子眼前揚起一陣風，一顆老淚被擊落到腮頰了。

「不要吵，馬上滾！否則，我帶你到捕房裡去。」

接著又在老頭子眼前晃了晃木棍子。聽到那官員似的凶狠狠的口吻和沉重的棍子的風，他先是本能地頭兒向後一縮，隨著腿兒不自覺的向後倒退了二三步。

那西裝少年已挽著王小姐走開了。咭咭噥噥的，嘴唇哺著耳朵又在低聲談心了。也許在氣他那野蠻的動作吧。也許在嘲笑他觸楣頭吧。也許在商量上那裡去用晚餐和怎樣享受飯後的黃昏罷。他有時回過頭來，留下了一個譏笑和不屑的眼光。

女人已經走掉，看客們也再沒有這趣味站下去。大家知道這幕趣劇將就此完結，於是也一哄散開去了。

巡捕的木棍是進一步逼到老頭子身上，拍拍拍，在他那有骨無血的腰上擊了三響，強迫他拾起地上的木柴，鐵鍋，餛飩衣和其它的一切，因為他也懶得再和這不識相的老頭子繼續糾纏了。

幸福的秋夜

時間下午二點鐘了。頭上碧海似的青天裡嵌著一輪金色的太陽，把溫暖的光線灑在一切建築物，行人道，以及兩旁的列樹上面。人在行人道上走著，浴在這和暖的秋陽裡，會感到炎夏失去的精力重新回來了。這時候，渭水從電車站慢慢踱著回家，心裡是充塞著一種奇怪的興奮的感覺。一進亭子樓，便立即打開窗門，讓微涼的秋風漏進來。

因為昨夜不曾好好的睡過，照例應該人已疲倦，譬如平常打一晚上竹牌，到此刻也精神不濟了。可是今天偏偏很奇怪，渭水覺得自己彷彿久睡之後醒來，精神怪飽滿的。當他從電車上下來的時候，本想先順道去看看子超的，但為了想起昨夜的事情，兩個腮頰古怪地熱起來，於是腳步也變成躊躇了。更兼整兩天沒有回來，怕房東太太疑心自己發生什麼意外，終於決定先轉家了。

側著身子倒在鐵板床上，糊糊塗塗的裹上一條印花布的薄被，勉強閉上眼睛，想養一養精神。可是怎樣也睡不去，跑馬似的，一股熱辣辣的東西在腦筋裡亂轉。彷彿仍舊在秋風料峭的昨夜，仍舊在燈光明媚的小房子裡，仍舊有一個十八九歲的女人陪伴著他。那女人雖然不怎樣好看，但是那樣會迷人，那樣會講話的。於是渭水又記起了今天臨走時她怎樣從被窩裡探出一個蒼白的臉，一個掩在蓬鬆的亂髮裡的惺忪的臉，同時伸出一隻肥白的手，一隻軟綿綿的橡皮做成的小手，一邊牽住他衣角，一邊叮嚀他今天晚上再去的情形。

怎樣也睡不著了，重新從床上起來。好像才喝過酒，面上熱辣辣的。甚至心口都別別的跳起來了。渭水覺得房間裡非常氣悶，連氣也喘不過來。於是在房間裡踱著，可是也踱不出一個道理來。只有愈來愈增加一種紊亂吧了。

看看太陽，高高的掛在西邊的屋頂上，離開夜晚的時候還長著呢。唔，在房間裡邊呆不下去，還是去找找子超罷。反正遲早總要見他的，那又何必現在怕難為情似的不好意思見他呢。於是他伏到窗口去，大聲向樓下叫著：

「黃媽，你上來。」

一個三十多歲的瘦女人，房東太太的娘姨，帶便也招呼渭水的這黃媽，這時露著一個正經的面孔拿著信進來了。信，家裡寄來的，不要拆開便知道又是來要錢的，真惹人肝火升上來。所以他沒有拆，生氣地塞在抽屜裡了。而且為了這封討厭的家信，當渭水拿了一塊錢給黃媽，教她泡一壺熱水，再買一塊法國貨的檀香皂時，也還餘怒未息，彷彿是黃媽給他帶來了這殺風景的心事，使她瞪著眼睛莫名其妙的望著渭水。

「陳先生，陸先生已經在上半天來找了你兩次呢；還吩咐我告訴你，要你回來馬上就去一趟呢。」

子超已經來過了兩次嗎？這傢伙倒真有這興致尋別人開心。於是，彷彿被黃媽知道了自己的祕密一般，彷彿黃媽露著兩排黃牙齒正是在嘲笑自己一般，覺得怪不好意思叫這女人再站在面前。

「唔。曉得了——你快點上街去，我就要到陸先生那邊去。記住，肥皂要巴黎貨，叫做檀香皂。聽懂沒有？」

打發黃媽走了之後，彷彿逃過一個關口，心境才勉強又平靜下來了。他覺得子超已來過兩次，倘若自己再不快點去，這傢伙一定又會趕來的。趕來倒沒什麼關係，只是他會說給你聽一些不中聽的話，來替他連跑三趟的腳出一口氣，這又不是一回樂意接受的事情。你想想，像子超那樣一個漂亮朋友，什麼顧忌都沒有，什麼話都會說的。

從口袋裡抽出一個朱紅漆的紙菸盒，瀟瀟然的嚯的一響，揭開盒蓋，抽出一支茄立克呷在嘴上。用同樣瀟瀟然的手勢擦著一支火柴，點上火，看白煙裊裊地伸上天花板去。於是重新在鐵床上坐下，和閒地抽著菸捲。這時候，昨夜的經過又像一篇小說似的浮上腦海裡，而接著是一縷驚奇的愉快的微笑掛在唇邊了。唔，這真是一縷勝利的快慰的微笑啊。

昨夜他們從公司裡出來之後，因為時間還早，渭水為要款待子超，便硬拖硬扯的邀他到杭州飯店去喝酒。樓上人不多，靠窗也還空空如也的，這地方使渭水感到滿足，因為可允許他們放縱地自由談天了。揀了幾樣時菜，溫了一壺陳年花雕，兩人便對酌起來。汽車在愛多亞路上連結成一條急流，停止不住的向前奔瀉著。窗內窗外都是明耀的電燈，倘不是壁上的自鳴鐘告訴你，已辨不出此刻已經幾點鐘了。子超一面喝酒，因為要在渭水面前出出風頭，做個老上海的光榮，所以同時喉嚨愈提愈高，話語流水似的瀉滿一桌子。

「老陳，喝飽了酒，我再帶你上一個地方去。」

「唔唔。」似是而非的答應著。

「哈哈！怎麼，去呢還是不去？你說。」

「什麼地方呢？你先說呀。」

「跟我一塊，你還怕上當嗎？——」不知怎的，他這時忽然把聲音放低，拿一個酒氣醺醺的嘴哺到渭水耳朵邊說：「我們一個小同鄉的家裡，那裡有著一個標緻的姑娘，一個土貨呢。嘻嘻，一個本鄉貨呢。」

面上一陣熱，子超著眼睛不好意思開口了。於是只好露著一臉無意思的笑，望望子超，子超眼白上布滿了紅絲，這一對老痧眼又加上了酒意。

「唔唔唔，好一個君子人啦！」因為這一個提議沒有得到渭水的反應，子超當真有幾分不高興的樣子。可是還是往下諷刺似的說著：「你們這些人便是這些地方不老實，狐狸都有一條尾巴的，何苦在我面前裝假正經呢，前次王碧城也是這一手。」

倒出一杯黃酒喝下去，又倒出一杯黃酒喝下去，現在在一個人羞怯著不說話，一個人氣憤著不說話的陡然的沉默裡，桌子上面的空氣顯得怪緊漲了。但結局終於子超耐不住，氣憤憤的重新打開話盒子，聲音裡顯得有些沉重和不舒服。

「老陳，我老實對你說明白吧，這個小姑娘和我有著某種特殊關係的，所以我自己沒有這福份。現在不准你再含糊，今夜便是拒絕也要拖了你去的。」

正夾著一塊牛肉放到嘴邊去，聽到這番話又把牛肉放下了。

「喔呀，老陸，你那來這權力可以強迫人呢？」放下筷子笑了起來。

「強迫就是強迫，沒有什麼理由的；理由就是你今晚不該跟了我來。」子超一點笑容也沒有，像煞有介事的大聲的說著。

渭水終於答應了。一半因為好奇心，很想見識見識所謂婊子到底是怎樣一種特殊的女人，一半因為口袋有的是贏來的錢，落得闊他一個黃昏，反正明天星期日照列有假可放的。況且上海做人最犯忌就是規規矩矩。不像鄉下人家，辛辛苦苦的結個一二百塊錢，就可以買幾畝地，一方山，或是一座小房子，上海是要會胡調，會花錢應酬，才慢慢巴結得上大好老。就說子超吧，雖說做事情漂亮，總也不見得天生就如此這般的，還不是靠自己多年胡調得來的成績。

拿酒杯和子超的碰碰，兩個人又都笑顏逐開了。

「喂，老陸，事情總算被你強迫成功了，我也沒得話好說。可是這女人到底和你有著什麼特殊關係呢，而且到底是一個怎樣的女人呢，這可要對我先說清楚的。否則等一忽恕不賠你同去登門奉訪。」說著放聲笑了起來。

子超用油滑的眼光看看渭水，接著做做歪臉，意思是笑他剛才的一切都是假正經。可是沒有說出口來，為的深怕這位道學先生又中途翻悔。相反的，他倒真的收起笑容，而且正經的回答他：

「老陳，說起來也是奇怪的，一個多年不見的竹馬伴侶，會居然在上海的萬丈紅塵中驀然相逢的——剛才我說的那女人，我老實告訴你，是我弟弟的奶媽的女兒。因為她是個寡婦，所以到我家來餵奶，同時也帶了她的女兒來，寄養在我家裡。那時我爸爸在江北經商，媽媽整天忙碌著家事，所以我是沒人照管的。奶媽的女兒來了，我就和她廝混在一起，媽媽也沒這時間來干涉我們的一切的。我記得她小時候是一個圓臉孔，紅紅的，我們都拿福建橘子當她的名字喊著的，我老愛欺負她，強迫她在後園跟我一塊玩，不管她願意不願意。記得有一次我拖她上後園去學結親，她不肯，我強迫她也不肯，結果我發氣了，拿起一塊大石子擲過去，打得她額角青紫了一大塊，她放聲大哭了，驚動了媽媽，便來查明了這回事，罰我在上房整整關了二天——老陳，不覺得心上有點酸溜溜的，引起了你的醋勁兒嗎？」

子超笑著掏出兩支菸捲兒。一支自己擦上火。一支給渭水。當拿菸捲遞給渭水的時候，渭水正在當真感到幾分不好意思，於是只好勉強一笑，把侷促藏蓋在笑容下面去了。

「這樣廝混了四五年，她母親上杭州做娘姨去了。月娥也離開了我家，寄養在舅舅家裡。彷彿那一年她是九歲，我是十三歲。我也就在那一年上縣城裡進高等小學去了。以後就沒有再見過。但中間彷彿也曾聽到媽媽說起，月娥的娘在杭州變壞了，跟上了一個什麼做西裝的裁縫，連月娥也拐了去。但我沒有把這話記在心裡。一直到今年春天，是個星期日吧，我和李篤信一塊玩城隍廟去，才再看到她們母女兩個。我已經完全不認得了。不過因為看到這女人長得還漂亮，我們就大家站下來看她燒香。倒還是她這老太婆記性好，看到我便驚異地向我打量起來，接著就過來招呼我了。我當時很奇怪，怎麼她們也會漂流到上海來呢？但剎那間我又記起母親說過的話了。於是也就在這老太婆身上發現了她也有著那一流屬於鴇婦一類女人的氣派。她當時邀我們上她家去坐坐，於是不久之後就明白她們近來的生活也很難，生意非常清淡——不過最近又有一個多月沒有去過了，大概總還不致於搬家的。」

「我就不相信你會這樣老實呢，老陸？哈哈哈哈！」大概多喝了一點花雕酒的緣故吧，這平素說話最多籌緒，最不肯痛痛快快吐出來的陳渭水，也居然醋溜溜的尋起別人開心來了。

子超從鼻管裡哼出笑聲，歪著眼睛看他，一邊說：「老兄放心，老兄放心！」

他們繼續在酒樓上鬼混了一會，看看時間已經不早，便會過帳，走出杭州飯店了。

愛多亞路兩邊的行人道上，已沒有先前那樣擁擠，只疏疏落落的幾個人在慢慢踱著。汽車也很少，偶然有一輛嗚的飛過去，也再沒有接著跟上來的第二輛了。電燈的光線顯得異常慘白，兩旁的房子彷彿給籠罩著一層死色的白霧。

渭水雖然沒有多喝酒，可已有幾分朦朧了。跟著子超糊糊塗塗的走去，也不辨這方向是向那一邊走的。只覺得他們的談話之中多夾了一個人，但也沒有聽清那另一個在說著什麼。待到這聲音愈來愈繁，漠然回過頭去瞧一瞧時，才看到一個癩腳叫化子跟在後面不斷的喚著大爺。渭水要摸個銅子給他，免得他再糾纏，可是子超卻又伸手攔住他了。

「你真好，有錢布施小癟三？省省吧，老兄！」

繞了幾個彎，在一家大飯店後面的小弄堂口，這樣陰暗而潮溼的，充滿了這樣又臭又腥的刺鼻的一個小弄堂口，子超跨進去了。知道目的地已經達到了，不知怎的，心窩裡忽地又勃勃的跳著血，臉上也熱辣辣的不舒服起來了。

唔，這樣不中用，以後怎麼能時常跟著子超鬼混呢？勉強自己嘲笑著自己，勉強要把腦筋移到別的物事上邊去，勉強要裝得大大方方，這也不算怎麼一回事，可是不成功！結果，當渭水扶著一條滑滑的窄狹的木梯跟上樓去，一腳踏進一間陌生的房間裡面的時候，同時帶進了一顆不安定的怔忡的心。

一個穿舊花緞夾衫的，油頭光臉的中年女人迎出來了，一見是子超，便殷勤地笑著讓他進去，一邊尖著喉嚨說：

「啊呀，陸先生，好長久不上我們這裡來坐坐了，今天怎麼有空呢？——姆媽，陸先生來啦。」

一個五十多歲的老婦人也跟著出來了。最先給予渭水是一個吃驚的印象！怎麼這老太婆臉上這樣乾癟，滿臉皺紋，沒有一點血色，只有一張枯皮蒙蓋著一副骨頭，活像一個戲臺上的女巫，或者魔術班裡的人。她頭髮已經沒有了，可是桂花油添得很多，在電燈光下亮得眩目，她牙齒也掉落了，但一開口卻滿眼金光光的，那樣一副奇奇怪怪的樣子，因此渭水不敢多看她。她彷彿正在病中，見了面一時說不出話，只拚命的咳嗽著，氣也透不過來。

「陸先生坐呀——這位是誰？幾位朋友一塊來的？咯咯咯。」

「就是我們兩個——」這時忽然向渭水示意地瞟了一眼，累得他面孔又熱起來。「這是陳先生，我們都是同鄉哩。哈哈。」

「陳先生坐坐——房間裡很齷齪，陳先生不要見笑。」操著一口很圓熟的蘇州話。

心慢慢平靜下去了。可是總不出話來敷衍這老太婆。看看這房間，是和上海一般小家庭所常有的一個廂房，用板壁隔開，他是坐在前面。一張假紅木的方桌子，四把假紅木的椅子，放在中間的一盞電燈下面。靠牆上著一張半截的鐵床，一床觸目的猩紅的綢被鋪在上面。此外還有一個梳妝臺，一個衣架，幾把方凳子，房間內也不得怎樣擠。幾幅月份牌的美人畫掛在牆上，大概已經過不少歲月的侵蝕，已塵灰滿面，老態龍鍾，只能和這老太婆做做朋友了。

但是這老太婆雖說使人不愉快的古怪樣子，可話卻很多，夾著咳嗽夾著笑，真像打開一隻留聲機器似的，別人沒有攙進去的餘地。她隨便周旋著兩個男人，招呼茶，招呼菸，談到鄉下，談到上海，談到一切瑣碎而令人發笑的事情，面面應酬得很周到，而且彷彿一點也不費事的樣子。於是渭水對她慢慢的改變了感情，覺得這老太婆倒也深懂世故，並不像她那面貌似的使人作嘔。

「阿娥呢？上旅館去了嗎？」子超耐不住似的催問到她的女兒。

「今天下午剛來了一個熟客人，新從無錫搭火車來的，叫阿娥一道看電影去。現在大概就快回來了。她也時常提起陸先生，怎麼許久都沒有到我家來坐坐呢。」

子超又望著渭水笑了一臉。渭水只裝沒有看見，和這老太婆搭訕著，問她咳嗽幾天了，看過醫生沒有。

「我這老病是醫不好的。有時略略寬暢幾天，天氣一不好，就又要復發了。三個月前頭也到鄉下去住過，本想好好的休養一個時候的，可是終於住不慣，隔不了十天又轉來了。」看看渭水手上的菸捲快要燒完，馬上駝著龍鍾的身體又遞過一支去，一面從從容容聽著子超的話。

「對啦，你這老病應該到鄉間去靜養靜養才好。上海煤灰多，怎麼不要損壞一個病人的肺部呢？可是你既去了怎的又回來，那樣空氣新鮮的幽靜的地方怎麼還會住不慣呢？」

「醫生也像你陸先生這樣勸過我，我自己也何嘗不是這樣想。不過，陸先生，喀喀喀……喀喀……」突然又咳嗽起來，兩個腮頰抖個不住，於是她連忙捧起一隻紅瓷的茶缸，喝了幾口茶潤潤喉嚨，等到嗽咳止住了，氣也透過來了，才又笑著說下去：「陸先生，你知道，人一在上海住久了就要變壞的。你想想，鄉下人睡得多麼早，差不多七點鐘左右就要上樓了，可是，這時候我那裡睡得著呢。而且，我近來人老了，脾氣也改變了，一個人再也坐不住，總要找個人談談閒天才挨得過時光。但我又不好意思礙難他們，他們明天又要一早上田坂，我是知道的。那我只好張著眼睛看帳子頂，張著眼睛胡思亂想……」大概喉嚨又乾癢起來了，她抖著手指去抓過茶缸，喝了幾口茶才又接下去：「第一夜倒還好，因為一路火車輪船實在人太倦了。第二夜就簡直是受罪。翻來覆去的睡不著，只聽見狗叫得悽慘。於是我就想到這時候要是在上海，那就好啦，要是有氣力，我可以上書場聽聽說書，就算身體不好，也不致沒有人陪我談天的。喀喀……喀喀……」

「對啦。上海住慣了就不想回鄉下去了。」渭水無意思的獨語著。

「還有，我這一趟回去，大家都說我老了。據我自己想想，我們在上海吃得好，用得舒服，不像鄉下種田的，無論大熱天落雪天都得起早落夜的辛苦，照理總該比他們輕健一點的，那曉得我們的身體比她們更不如呢。我有一位堂嫂嫂，今年四十九歲了，可是她還會自己舂米。自然，說起來也是怪傷心的，這叫做窮人無路走，沒辦法。鄉下近來年年收成壞，租米又重，官家的捐錢也纏不清的多，你不自己辛苦又怎麼過日子？我看看她也實在苦得可憐，連吃一碗米飯也要計算計算，最好能夠節省下來……喀……喀喀……」

「日當夜，夜當日，上海人怎麼會望得到長命呢？」渭水接上去說。「精神不濟的時候，拿鴉片提提神，有的人簡直拿鴉片菸當飯吃，沒錢的甚至吃紅珠子。反正上海租界裡有外國人保護的，你要抽鴉片菸，只要你有錢，便是躺在馬路邊抽也沒有人干涉你的。此外還有什麼影戲院，咖啡館……」他本來要說妓院的，可是話到口邊，忽地記起這裡是什麼地方，於是紅著面孔不好意思的縮住了，搭訕著說：「大家都整夜的糟蹋著怎會不傷身呢。」

「我講個笑話給你們聽聽：去年清明我轉家掃墓，看墳的人把我和父親當成兄弟倆了。說得我父親哈哈大笑。其實，我父親到今年還是滿頭黑髮，我卻已經禿頂了呢。當時我曾經跟他們尋過開心，我說我是上海人，凡是上海人都講究禿頭髮的。」說得三個人都笑了。

「尊大人身體還像從前一樣嗎？」這老太婆問。

「托福托福。」

篤篤的皮鞋聲在樓梯上作著急促的反應，知道有人上來了，而且心裡也希望是月娥上來了，渭水急忙旋過頭去。一個裹著桂黃色的長旗袍的女人的側影，裊裊地晃在他的眼前。

「你怎麼到這晚才回來呀。陸先生等了你半天了。還有這位是陳先生，過來見見。」這老婦人的臉上顯出比剛才更加歡欣的神氣。

大大方方的向渭水笑了笑，點了個頭，接著便招呼子超，問他怎麼這麼久不過來玩玩。

「你們二位多坐坐。阿娥在這裡陪陪陸先生陳先生吧。我這回到後房躺躺去，過一會再過來。」

旁著渭水月娥下了。拿出一個小小的粉盒子，對著一面小手鏡在面上勻上香粉，又在嘴邊搽上胭脂。渭水呢，聞到一陣富有挑撥性的香氣衝進他的鼻管，弄得神志有點模模糊糊了。一個中等的身材，裹著一件緊身的長旗袍，眼睛也不很大，鼻子也不是頂高的，不過皮膚非常細白，再加身體很瘦弱，在這黯色電燈光下，頗顯出一個飄零在這紅塵裡的煙花姑娘的憔悴，和子超在杭州飯店裡所描摹的完全是兩個人了。

她對子超很親暱，談話之中時常夾著嘲笑戲弄的成分，而對渭水則很客氣的應酬著。渭水覺得很愉快似的，看著他的動作，聽著她閒話，而他感到很滿足了。

大約經五分鐘之後，子超忽然拉著月娥，在她耳邊輕輕說了一句什麼話。於是她便用一種撒嬌似的，又像做作似的，為渭水所不熟習的，但同時又可理解這是這一類女人所特有的動作，一面脫出了子超的手，一面似嗔非嗔的笑著呸的嗤了他一聲。接著，拿這一對含著同樣的笑的眼睛，像二顆夜星一樣，羞怯怯的溜到渭水身上打量似的看了一眼，接著立即又溜回到子超前面，假作忸怩地露出了一個微笑，同時用眼光向他歪歪。

子超對她說的什麼話，他當然知道的。此刻他已經沒有絲毫的促促，反而希望子超早點走開了。在他的感覺中這裡已不似剛才的沉悶，一切東西都換過顏色，甚至壁上那二個美女也年輕許多了。

「老陳，你聽到我們剛才的祕密談判嗎？我跟我們的阿娥姑娘談好了，今天晚上給你們做個媒人。」

「陸先生，你勿要講瞎話呢。我不肯饒你的。」拿出一塊粉紅色的小手帕，假裝著要塞到子超嘴邊去，同時回頭向渭水微微一笑，這是令渭水銷魂的嬌媚的一笑啊。

「嘻嘻嘻！我同你姆媽說去，好不好？」子超撅起兩片嘴唇，做做歪臉。

「呸！」阿娥什麼都沒有的向他嬌唾了一口。

渭水也想攙進去說句笑話。可是怎樣也覺得沒法開口。他只待說不說的望著月娥和子超笑笑。

「你勿要裝假正經，我說的是正經話哩。」子超笑著站起來了。「時候已經不早了，你們早點睡去罷，我也不好意思再吵擾你們了。老陳，明天再見。」

「陸先生，再坐坐去。時候還早啦。」這回她沒有再裝聾作啞了，只這麼留一下，並不當真再去找他回來。

「真的留我坐一會嗎？那我又癩屁股坐下來了，你們可不要悔！哈哈！」

但子超並沒有坐下來，是哈哈的笑著出去了。月娥也不再去攔阻他。走到渭水旁邊走下，開始用本鄉話問到他鄉下的情形，又問他上海來了幾年，和子超什麼關係。幽幽的，怪柔和的，東牽西扯的，話是那麼多，不斷的從她唇邊流出來。渭水竭力要想裝得從容，和她調皮調皮，可老是心不如願，連自己也覺得在那裡吶吶地說不順口。兩隻手呢，彷彿沒有地方可放，變得怪累墜。有時也想伸出去握她那白嫩的軟綿綿的手臂，可是，只要一動這念頭，便面孔會自動地紅漲起來，心也慌亂起來了。他只有很不自然的飢渴的望著她。

可是勇氣終於慢慢的增加了。他覺得到這裡是來逛窯子的，並不是一回什麼不正當的偷情的事情，何必這樣不自然呢。況且上海逛窯子是最官面不過的事情，外國人一踏上黃浦碼頭，第一件要做的事情便是探聽中國的妓女的所在地……這樣一轉念，不覺陡然變得從容了，竟伸出手兒去捏住了她的。

「陸先生和你很要好嗎？」

「呸！誰說的？」

「陸先生親口對我說的，你們幼小時候曾經一塊結過親呢。」

「你聽他！這位先生最喜歡瞎三話四，尋別人開心。」但她那被捏在渭水手裡的小手兒可一動也不動。

一個六七歲的小姑娘跳進來了。月娥牽往了她的手，叫她向渭水叫一聲陳伯伯。而她唯命是聽的親親暱暱的叫了一聲。

「這位小姑娘是誰？」

「我的姪女兒。才從鄉下來，到上海還不滿三個月哩。」她將這小姑娘抱起來，香了個嘴，然後向她，「小三囡，你喜歡上海嗎？」

「喜歡得啦。上海天天有電車坐啦，有西洋鏡看啦。夜裡還好跟祖媽到大世界去看戲啦！鄉下頂討厭，吃過夜飯就要睡覺的，勿聽話姆媽就要用青竹梢打我。」小三囡拍著手哆著嘴說。

渭水從月娥手裡抱過小三囡，問她怕外國人嗎，她搖搖頭，天真地說：「外國人對小囡都蠻好的，有小汽車坐，有新衣裳穿，而且都有糖吃的，」說得二個大人都笑了起來。

剛才進門看到那個穿花緞夾衫的中年女人，阿娥的嫂嫂，進來抱去了小三囡，說祖媽叫她好睡覺了。

兩個人又夾七纏八的談著。現在渭水是完全融化在這空氣裡了。自自然然的會有笑容浮上他的臉，會有話語浮到他的嘴邊，甚至會有一些狂浪的為他平日所不能自信的動作發生在他手上。倘使拿白天的渭水和此刻的渭水比較一下，那麼這幾個鐘頭的逝去，實在是一條可怕狂流，將他從一條明澄的小溪沖到一片汪洋的大海中了。

渭水忽然抱住了月娥，伸手摸進她的內衣，她不抗拒，也不聲響，讓他默默地享受了一會之後，才推開他的手兒立起身來，一邊扣著扣門一邊媚笑地說：

「你這個人也這樣痞！男人沒有一個不是壞的。」

「阿娥，我看你們的生活才天字第一號舒服呢，不愁吃，不愁穿，又夜夜有男人陪著——你說我的話可對麼？」渭水迷著眼睛對她笑笑。

「不，近來生意上都很清淡，有時連開銷都不夠。」沉思似的拿出一個小骨梳，慢慢的理著她的烏黑蓬鬆的頭髮。

「這話怎麼說呢？」

「不要說這些話吧。橫豎說給你聽也不中用的。」她看看手錶，時針已過二點鐘。

她走到後房去了。他知道時候不早，就陸續把自己的衣褲褪下。

等她回來的時候，也已經卸下旗袍，裹著一件粉紅綢的短緊身。全身的輪廓顯得更其清楚了。兩個乳房圓圓的聳在前面。渭水被一種不知從什麼地方來的力量緊抓著，一把抱在她的上半身，而她也再不似剛才的忸怩，讓他緊緊抱著，一同偎到一條絨被裡面去。

雖說這是一個短短的秋夜，但在渭水是一個永遠不能忘記的秋夜。他從前未曾做過這樣大膽的狂夢的，昨夜在一個意外的機會裡，竟度過一夜半生中未曾有過的放蕩的生活了。

現在，雖說一支紙菸呷在他的嘴上，卻絲毫不曾享受到菸的滋味。他只在回憶裡凝視著她那白淨的肉體，猩紅的顫動的嘴唇，以及睡著的那副美麗姿勢和醒來時那種惺忪的倦態……而且他還彷彿聞到她那富有挑撥性的強烈的香氣依舊留在鼻邊，她那裡放蕩的笑聲依舊蜿蜒在耳邊。

一直到紙菸的火頭燒灼到唇上，才突然本能地吃了一驚，神志也從糊塗中清醒過來了。將菸尾巴抛在痰盂裡，從熱水壺裡倒了一杯冷開水，骨碌碌的一口氣咽到肚裡，再重鈿鈿躺到鐵板床上。這時候，大概為了剛才的狂想過度的緣故罷，覺得腦子很痛；仰頭看看頭上矮矮的天花板，彷彿搖晃著，像要壓到他身上來的樣子。

啊啊，只要有錢呀！只要有錢呀！上海是什麼寫意生活都可以辦到的。無怪乎有錢人的神氣很驕傲，原來有錢人是可以享受意想不到的幸福的生活的！自己呢，現在是沒有錢，但是你不必抹殺一個往上爬著的人的希望呀！……

「陳先生，肥皂買來啦。開水也泡好在這裡。」黃媽的沙沙的聲音把渭水從模糊裡喊醒。

坐起身來，從黃媽手裡接過肥皂，打開一看，卻是一塊中國貨的桂花肥皂。這一來，幾乎把渭水先生氣得向黃媽睜出了眼睛。明明再三叮囑過的，叫她買檀香肥皂，巴黎貨，現在卻買了一塊中國貨來塞責，這豈不是存心搗亂嗎？拿這塊桂花皂往桌上重重地一拋，跟著這一拋的呼的一響，渭水用手拍著桌子，忿忿地大聲叱罵著：

「你耳朵聾了嗎，還是怎樣呢，明明告訴你買巴黎貨的檀香皂的，卻買了這樣一塊廢料來搪塞。這種中國貨就是白送我也不要，你趕快替我去換來。」

黃媽只覺得同是一塊香肥皂，怎麼買錯就會這麼開罪的，她張開了嘴，不知所措地望著渭水先生。

「趕快替我退換去，趕快去，你知道我馬上要到陸先生那邊去的——這回聽清楚，不要再弄錯，我要你去換檀香牌肥皂，法國巴黎貨，不要再買中國貨來。你聽清楚沒有？」

黃媽不敢做聲，知道自己弄錯了，只要陳先生不再發怒，多跑一趟，甚至兩趟三趟，都是情情願願的。

渭水心裡還是不舒服，雖然黃媽已經下樓去掉換了。他覺得黃媽做事這樣不當心，把別人重要的時光隨便耽誤，實在太豈有此理。現在自己倘使不再趕快到子超那邊去，他一定又會第三趟趕來的。

但事實上焦急沒有用，他非等黃媽把檀香皂換回來，洗過了臉，是不會動身的。於是只好再掏出一支紙捲，燃上火，用力的抽著來消磨時間。

一幅剪影

一

和一個美麗的女人挽著手，拖著自己的怪長大的影子，穿過了一條小小的潮溼的狹巷，彎到霞飛路上了。夜色是那樣好，從馬路兩邊的綠油油的長青樹上飄下來的風，拂去了行路人面上的熱氣，汗，疲倦，以及一切熱天裡擔當不住的天氣的壓逼，拿涼快擲進你心窩裡，使你感到舒服。舉首看看天上的星星，正像挨在身邊的那女人的微笑的眼睛，顆顆都像漾在水裡面，沒有一點泥垢，沒有一顆不乾淨，不晶瑩。雲像深藍色的天鵝絨，軟軟的，軟軟的，鋪遍了這無邊涯的天。是這樣甜美的初夏夜！是這樣醉人的夜色！白日的辛苦和疲勞，此刻已飛出了他的肢體，越過了馬路上的整齊的列樹的軟語的枝梢，越過了瘦長的電線木，越過了高高矮矮的磚瓦的屋脊，像一縷柔軟的青煙，像一輪淡淡地盪開去的水暈，消失在夜的蒼茫裡，消失在繁多的燈光與人影裡了……僅有一種說不出的非憂鬱也非甜蜜的東西塞滿他的心；一隻嫩軟的白淨的手兒握在他粗黑的手裡；一陣醉人的脂粉的濃香刺進他鼻管裡。

「你說，上那裡去呢？」女的偏過了臉，低聲問，同時又獻給他一個輕倩的微笑。

「隨便吧。反正今晚沒有事，什麼地方都可以跟你去的。」男的冷冷地說。

「那麼，我想，還是到我旅館裡去談談吧。這許久不見你，真不知道有多少話語要向你傾吐呢。」

「好的好的。」答應著，又看看身邊的女人。看到了一雙水汪汪的嬌羞的眼睛，兩顆三月裡的櫻桃似的姣豔的笑渦，於是，一種彷彿不能使人相信的記憶，突然地，像一幅浮雕似的，浮上他的腦海了。這四年來，老祖母死去了，父親也死去了，一切親戚都斷絕音聞了。朋友呢，有的是死了，失蹤了，不知下落了，有的是發跡了，顯貴了，有錢了。總之，一切都有了變化。然而她，在這四年之中，好像歲月沒有經過她身邊，依舊似當年一樣的年輕，美麗，苗條，依舊有著當年的那一種醉人的純潔。啊啊，身邊這女人，難道真就是四年前，自己為她沸過血，做過甜蜜的夢的婉芬嗎？那時候，從會場到會場，從朋友之家到朋友之家，從咖啡店到咖啡店，從宴會到宴會，沒有一天沒有她伴在身邊的。好像他，（而她也一樣，）無論那一天都缺少不了她的笑，她的低語，她的愛撫，她的擁抱，她的一切溫柔的動作的陶醉的。那時候，像今晚似的夜晚，他們時常躲開了朋友們的厭煩的訪問，兩人挽著手，踏著繁鬧的夜的街巷的泥路，慢慢地，踱到了江濱，離開那聚集著許多納涼的不相識者的碼頭，遠遠地，遠遠地，並坐在樹蔭下，江堤上，聽聽黑黝黝的江水的沉重的夜嘯，聽聽頭上綠油油的樹葉的軟軟的低語，聽聽挨在身邊那人兒的心臟的跳躍，一種說不出的甜蜜塞滿在各人的心裡。

「芬，唱一隻歌給我聽吧，要快樂的，不許將苦惱的調子放進去。」

「你唱，唱『我們的歌』，這不是最雄壯，最合我們的時代的 Tempo 嗎？」

於是合著滾滾的長江的流水的雄渾的拍子，一種康健男性的低音，開始起伏在這夜的空間了。接著，在歌聲靜寂下去的時候，會傳來了一種女性的清脆的笑聲、讚美聲，以及火一般熱烈的親吻的聲音。

——啊啊，四年來，一切都起了變化，而這女人，和我分手後，大概也起了劇烈的變動吧？自己呢，倘使在從前，和這樣一個女人手挽著手在馬路上漫步，心臟將不知怎樣怦怦地跳躍呀！現在是，再沒有先前那樣小市民性的浪漫心情了，再不會顛倒在女人的夢想裡了，除了工作，再不會有其他可笑的妄想！他略帶感慨的在心裡自語著。

「彬，你為什麼這樣沉默著不說話呀？……」

「我真不知道從何說起了。」

對於這已經失去女性的迷戀狂的暗示，不知怎的，被女的誤會了他的意思，以為久別之後重逢到先前的情人，他心裡是充滿了沸騰的血，說不出的歡愉，劇烈的震動，因為無從形容他所感到的一切，所以反而只好以沉默來表示了。得意之餘禁不住臉上浮出了歡樂的光輝，女的更緊緊地緊握著他的手兒。

二

在亞細亞飯店五層樓的一間精緻的小房間裡坐下之後，女的向他飄送了一個春花般媚人的軟笑，接著，便彎進更衣室裡去了。

他一個人寂寞地躺在一張沙發上，籠罩在藍色的電燈光裡，如同浴在海洋的暖水裡。因為眼光沒有地方放，便左左右右隨便看看房間裡面的陳設；但映進眼簾裡來的，是華麗到使他起了一種不習慣的感覺：桃花心木的半截床，高大的著衣鏡，沙發，安樂椅，鐫刻著細緻的花紋的梳妝臺，紅木的方桌，長背的也是紅木的椅子……還有，鋪在研光的橘色地板上的波斯地毯，半掩在窗上的貴重的絲織物的窗簾，裝在方框子裡的宗教畫和風景畫……一切東西都噴發著一種使人反感的奢華的氣味。不知怎的，這時在彬生心裡忽然湧起了一種惶惑的，也許是痛苦的心情，覺得住在這房間裡絕不會是當年的天真的婉芬，而自己也顯然已不是四年前的彬生了。像自己這樣忙碌於工作的人，今晚居然會跟了一個嬌貴的摩登女郎闖到這樣闊氣的旅館裡來話舊，且不說這種行動太浪漫，太可笑，就是單拿這裡的空氣來衡量自己現在的心境，也顯然可以看出其間的不適合，不調和，那又何苦勉強坐下來跟她扮一黃昏傀儡戲呢？

於是，那陳設在他四周圍的東西，忽然間，全膨漲起來，東一件西一件的擠滿了房間，使他難於呼吸了。他痛苦地從沙發上站起身，蹀躞著，以憎惡的目光看看牆上的畫片，飄動在窗扉上的暗綠色的窗幃，淺笑在高腳瓶裡的緋紅的薔薇……他很想將這一切全拿來撕個粉碎。

他又想即刻離開這房間，覺得走了一切都結束了，但同時，他又覺得有向她告別的必要，否則太對不起邀他的一番好意了，於是又懊惱地坐下在沙發上。

但是，當她換上一件綠紗的霧似的薄薄的坎肩，擺動著兩隻雪藕般白嫩的手臂，桃紅色的腮頰上襯著笑，綠紗下跳躍著一對山兔似的乳房，跑似的，跳似的，蹬蹬地急響著高跟鞋迅速地移近他身邊的時候，像逢見一個驚人的奇蹟，他又迷失在另一種感情裡面了。

擦過粉，新搽上胭脂，她更顯得像一個富有魔力的風韻的少婦。沒有一點躊躇，也沒有絲毫忸怩或羞怯，貼著他身邊她坐下了。微微地抬起頭，含著笑，稍稍露開了一點猩紅的嘴唇，好像等待他去親吻的樣子。

不比在馬路上，雖然挽著手，並著肩在一塊兒漫步，卻沒有拿閃閃的目光去逼視她的勇氣，此刻是，在強烈的燈光下，她全部的身體可以讓你盡量瞧，瞧個滿足，瞧個飽。是的，她是變化了，她絕不再是當年的婉芬了。她的目光已是水蛇似的妖冶，她的微笑恰像一朵招引蜂蝶的春花似的嬌，她的眉毛是描到了這樣彎，又這樣勻整，如同三月柳梢上的嫩葉貼在她額上，她的肉，已沒有先前的枯黃的貧血的顏色，是肥嫩到，潔白到，如同浸在晨光的溫柔裡的山茶花一般了。從她身上，可以聞到一個摩登女郎所有的粉香，肉香，可以聞到那些沉溺在貴族環境裡的幸福女人的青春的氣息。被她那半裸體的肉的顏色誘惑著，被她那貴族婦人所特有的風騷，的妖豔，的魔力籠罩住，他剛才決定立即向她告別的堅決的意志有點動搖起來了。

「對的，她是從一個小市民性的女性的模型變成一個貴族婦人的模型了！對的，我是再不會迷戀她，其實是再不會有這樣空閒的時間和這樣可笑的浪漫心情去迷戀任何一個女人了！大家都已經從夢境中醒來，各人各走各的路，她是走進了沙龍（Saloon），我是走進了地下室。不過根據她今晚的表情，卻可以證明她對於自己並沒有完全忘記：她向我笑，向我獻殷勤，向我表示相逢的快樂，向我做出種種嫵媚的樣子，雖然拿我的蹩腳西裝和她那華貴的衣裳相比，在一個貴婦人的眼光中是應該感到討厭的。當然，將初戀的印象永遠珍重地保留在記憶裡，在她也許是一種無聊的娛樂，消遣的辦法。這自是很可能的事情。但是，我既沒有想和她重敘當年的浪漫史的那一種可笑的痴，同時像今晚似的空閒的黃昏又是一年之中不容易碰到幾個的難得的機會，那我又何不拿她當作一個女人，一個富於肉的誘惑的女人，來和她開一個暫時的玩笑。這是於雙方都無有損失的事情。」

這思想，作為一把大蒲扇似的東西，趕散他剛才的一切苦惱，疑慮了。他覺得剛才對於她的那一種觀念全可笑，他覺得她是不是當年的婉芬於自己全無關係，他覺得倘使現在突然跑開了，這情形，對方理解不理解倒不管它，只是太顯得自己還殘留著濃厚的小市民性，那種小市民才有的封建道德上的傻氣。

心定了。在電燈光下看看挨在身邊的女人，正像一杯義大利紅酒，它的顏色，它的香，它那一種使人心搖神惑的說不清的誘惑，逼得你急於想舉起杯來，一口喝個乾淨，才心裡舒服似的。他禁不住拉過了她的手兒，擱在自己膝上，輕輕地摩撫著，臉上露出了笑容，這當然不是屬於當年的那一種籠罩在青年人的糊塗的夢裡所謂「心靈的顫動」的微笑，而是感到或種滿足的表示了。

但女的，看到他的笑，不覺回到四年以前那個時代去了。一朵甜蜜的花開放在她心窩裡，一種急促的呼吸起伏在她胸膛裡，眉梢，眼角，都似乎浮出一種幸福的光輝，正似當年一樣，她快要酩酊地醉在愛人的懷抱裡了。她羞怯怯地舉起一對愛嬌的眸子，像兩道清泉似的，穿過空間，向他面上湧過去。

「你覺得我四年來有什麼改變嗎？」

「你嗎，變得更美麗，更驕傲了。」他笑嘻嘻地說。

「瞎說！我自己知道，我是變得更醜，更庸俗了。怕你再不會像那時的喜歡我吧。」她顯得像撒嬌，又像認真的樣子。

「不喜歡嗎？誰還跟你到這裡來！你真像一隻孔雀呢。你想，看到孔雀誰不喜歡呢？」於是撫摩那擱在他膝上的白蠟塑成似的手兒，裝出一副頑皮的樣子。

「呸！你在跟我開玩笑了。」她縮回手兒，帶嗔地說。但接著又噗的一聲笑出來了。這時，她忽然感到一個流亡到天涯地角，一去無消息的愛人，已從那冰天雪地的火線戰壕裡回到自己身邊了。一種強烈的慾望纏住她，她急於要想知道他這四年來的偉大的流浪生活的底細。

「此刻，告訴我，說給我聽，彬，這四年來你幹了些什麼事情？」說著，女的拿她那掩在濃密的黑髮裡的臉龐兒，慵慵地斜靠到他肩上去。

一種說不清的，然而蕩人心魄的香氣，從她捲曲的髮上，透進了他的鼻管裡。但他並沒有衝動，更沒有神魂顛倒，只冷靜地說：「這四年我都在糊塗中過去，說出來你也不會相信的。」

「你說吧。」但她心裡卻好像看透了他的底細，這樣想，你不說我也知道的呢；於是在她眼前幻出一個寂寞地奮鬥著的英雄的姿態。

他隨口編了個謊，說：「說嗎，那就告訴你，前年去年都在一個日本人的洋行裡當小夥計，近來是失業了好幾個月了。」

接著，他心頭還湧起了一個小小的感慨——啊啊，遠了，舊日的一切都離我遠了！時代不僅劃分了昨日和今日，甚至也隔離了相愛的男女們的情熱與真誠！

而女的，卻並無感慨，只覺得他真刁滑，居然想在自己面前玩把戲了。她不響，只拿眼光逼住他，看他真話說也不說。

「那你呢？看你住著這樣闊氣的房間，想必一定有了可以驕人的驚人的生活罷？」他含了略帶譏刺的口吻反問她。

「我嗎？」從他肩上昂起了頭兒，面上的表情忽然由愛嬌而變成嚴肅，眼光也從他身上移到橘色的鑲木地板了。她略一躊躇，接著說，「可以告訴你的。同時，望你能夠了解我，同情我。彬，聽我說，並不是為了虛榮，也不為了享樂，而是為了黎明的到來太渺茫，我已沒有先前的勇氣與耐性，等待我們的世界的實現了。彬，自從那年和你分手後，我苦悶，徬徨，悲哀。但是最後的決定還是墮落。真的，現在我是墮落了，我已做了一個闊人的太太……」說到這裡，她突然停住話，痛苦地沉思著，呆了好一忽兒，接著又說：「聽我親口說出了這樣的話，你，一定感到很大的驚訝罷？我是真的，墮落了。現在我會笑，我會撒嬌，我會在一切無恥的人們中間，像煞有介事地周旋。但我……請你相信，我的靈魂仍然是純潔的，我仍舊感到痛苦和不安……這回在南京住膩了，想來上海玩幾天，那知會無意中遇見了你……」

對於婉芬已經變成一個闊人的太太的事實，全不如他所憶想，在他心中並沒有引起或種驚訝的感情。好像他是早已知道這回事，好像向他說話的並不是曾經和他有過接吻，有過擁抱，有過怪肉麻的山誓海盟的婉芬。他略帶滑稽的情趣這樣想，本來早就要走的，所以還留在這裡，並不是在等待你的牢騷，等到你的感情的發洩呀，而是想舐一舐你那罌粟花似的殷紅的嘴唇，醉一醉你的粉香和肉香。這你可明白？別要認錯了，以為我是跟你來話舊情的，我的目的是頂簡單的，不過如此而已。

於是在這女人身上，拿他的顫動的嘴唇親上去了。這男人，近四年來，被窮和繁忙的工作剝奪盡了一切性的享受的，此刻突然遇到這樣便當的機會，禁不住全身的血液全奔到他嘴唇上，好像要突出了薄薄的皮膚的包圍，染似的，拿血的鮮紅去塗遍她的白而柔軟的手臂。

但是他的緊張又突然弛緩下來了，因為聽到她在這樣問：

「你近來還參加工作嗎？看看你的樣子，頭髮這樣長，西裝又這樣破舊，這樣不稱身，十足的正像那樣一個人物呢。」

雖說沒有像遇到偵探的盤問似的感到吃驚，但他剛才的熾熱的情焰卻被澆熄了。離開她的白手臂，抬起頭，像痴，又像失去心的平衡，這樣呆過了半分鐘。接著，他又恢復了鎮靜，打開喉嚨，故意用一種似開玩笑的口吻，勉強含笑說：「久別重逢，除了風月，今晚莫談國家大事。」

「偏不依，偏要談呢。你知道這四年來我是多麼想念你？今晚一旦遇到了，為什麼不讓我知道一些你的生活情形呢？而且，讓我知道了於你有什麼妨礙？」

「那我不是剛才已經對你說過，我是一個落魄潦倒的失業的小行員！」

聽到他還是這樣固執地不肯認帳，她真有點氣憤和傷心了。為什麼自己的真摯的關懷一點不被他理解呢？於是滿腔幽怨的牢騷不禁湧上她的心頭。

「不相信！你在欺騙我！彬，我會被你這樣不信任，真使我多難過，多傷心？四年不見，我們難道真會隔離到了這個地步嗎？」

男的打開了暗綠色窗幃，以手肘支撐在窗檻上，托著頭兒，獨個兒出神地站住那裡。但是，雖然俯伏在窗口，像在眺望夜的都市的幽靜的景色的樣子，而實際上，那闖進他視界裡來的高高矮矮的魚鱗似地排列著的瓦屋，那星火似的零亂地散布在屋與屋，樹梢與樹梢之間的電燈，那瘦得像筆桿似的直立在窗下的疏疏的電線木，和那奔進他耳朵裡來的隆隆的電車聲，嗚嗚的汽車聲，雜亂的叫喧聲，以及不知從何處飄來的蒼涼的音樂聲，他卻全不覺得。他只看見眼前躺著一個淚人兒似的女性。他看見，這女的，在起了痙攣的緊漲之後所遺留下來的苦痛的表情，像一陣風雨之後殘餘在樹梢上的水滴，依舊隱約在她臉龐上。他看見，她躺在沙發上，痴一般的凝視著裱有水綠色的德國花紙的壁牆，接著又移到天花板上，於是目光就呆在那兒不轉動了。他知道，這女人，有一種受欺騙，甚至類似受侮辱的委屈的感情，無從描寫也無從形容的，只有她自己痛切地感受到，像蛇一般的，蜿蜒在她心頭。

「啊啊，婉芬，我是理解你的心境的。你想在官僚社會裡麻醉你自己，而終於又感到了寂寞。今晚遇到你舊日的愛人，你想拿你寂寞了四年的心獻給他，讓他用舊日溫柔的呼吸來醫治它的創傷，同時你也想取得他的心，整個的心，來滿足你的幻想的安慰。但是，你要明白，我們的隊伍裡現在已不需要，也不能信託像你這樣感傷的人，而我也早已變成一個失去了當年那種農村青年的樸實的心情，失去了愛人和被愛的資格的人了！」他向窗外茫然地嘆息著，心裡感到無邊的荒涼，也感到了無邊的煩燥，同時又忘記不了剛才的情景。

正是兩人緊緊地擁在沙發上，火焰奔騰在各人的心頭，微笑凝在各人的唇上，狂熱到快要溶成一體的時候。女的忽然又提了出問題：
「彬，你真的還愛我嗎？」
糊塗在興奮中，失去了平日的冷靜的彬生，這時毫不躊躇地回答：「自然愛你的。芬，讓我在你的兩臂間沉溺了我的身體吧。」
女的回答他一個笑，一個吻，一種滿足的表情。
「你知道，我今晚拿了整個心，整個的靈魂，將我的一切全獻給了你嗎？」女的認真地又熱情地問。
「我不是也給了你同樣的酬報嗎？」
「是的，我承認你也愛我的。但我終覺得你沒有我給你的多，完全，你掩去了一角不讓我看到。」回憶到他剛才支吾的情形，雖然身體是焚在他的熾熱的情焰裡，她無法不感到一種不說出的缺陷。
「我有什麼隱瞞了你呢？」男的多少有點意識到了。
「呸！你剛才也就誑了我，說你變成了一個什麼小行員！」她扮了一個歪臉，表示她並沒有真受騙。

「芬，莫再懷疑我好麼？這話是真的。」
「真的嗎？」略帶嘲笑的口氣問。
「真的。」男的肯定地說，故意加重了語氣。
「你這話真沒有誑我嗎？」
「誰誑你來？」
「我總信不過你的話。」
「芬，那我可以在你懷裡宣誓，我今晚絕沒有半個字誑過我的芬！」接著在她唇邊送上了一個熱烈的吻，好像要借此來驅散她的疑團的樣子。
「我總還是不相信，剛才我問你的時候，你的神氣，舉動，不是都顯得很侷促嗎？」女的這回是疑信參半地問。
「芬，讓我告訴你，這是有理由的。我脫離政治生活已有四年之久了，一旦突然聽到你這樣問，不是會令人感到驚愕麼？尤其是，在這個年頭。而且你剛才問話的口吻又那樣固執，我說我是一個落魄潦倒的失業的小行員，而你又偏不肯相信，這真叫我不知怎樣回答才好了。」

他的口才，自己知道，別人也知道，是再笨拙沒有的，但此刻，居然變成了這樣流暢，一篇謊話居然編得這樣圓滑，真連說話的人自己感到驚訝了。他覺得，用了這麼誠懇，又這麼忠實的口吻來掩瞞她，大約總能夠將這女人的疑惑鎮壓下去吧。

哪知聽到這番話，女的兩臂忽然軟下來了。他很奇怪，舉起眼睛看看她時，兩道汪汪的淚水打溼了她的胭脂，淌滿了兩個美豔的腮頰。她剛才的歡笑，愛嬌，溫柔，和一切迷人的動作，此刻全不見了影子。只見得是冰冷的，淒涼的。她蹙著眉峰，低垂著眼睛，緊閉著嘴唇，無力地垂著兩臂，面色也突然變成了很蒼白，顯然的，有一種無限哀怨交織成的傷心籠罩在她臉上了。她一句話也不說，身子軟得要倒下來的樣子。

這突如其來的變化，使他感到惶恐，感到窘，不知所措的呆住在那裡了。沒有一點根據可以推測這女人的眼淚的來源，她那剎那間的突變使旁人無法去摸捉到一句安慰她的話。

「芬，我不懂你為什麼傷心到這田地，難道我剛才有什麼話觸犯了你的自尊心嗎？」

「你走罷！你走罷！」她推開他，噙著眼淚站起身來，拖著疲弱的無力的足步，走近另一張沙發旁，頹然地獨個兒倒在那裡了。

一個英雄的幻象破滅了。她感到無限的空虛。正像一個孩子拆穿一面萬花鏡，證實千變萬化的神祕的美麗只不過是些可憐的碎紙時所感到的說不出的失望，她剛才的興奮全瓦解了。

「天哪，到底怎麼一回事呀？」他自語著，同時又瞪著眼珠，發痴似地望望她。在他心裡，盤旋著那平時潛伏在他冷靜的理性下的複雜的同情心，好奇心，逼得他只好也站起身來了。

但女的，卻不讓他走近去，伸出手臂擋住他。

「你走吧！我不需要你再在這裡！」

真是弄成一個僵局了。走過去，必然要碰到一個無趣味的釘子；離開她麼，先前是很有理由的，現在當然也沒有什麼不可以，不過總覺得，就是沒有方法安慰她，至少也要問個明白才好意思走出去。

他兩手插在褲袋裡，目光時而望望天花板，時而沉在鑲木地板上，連望望她的勇氣也消失了，只無意思地在一個小小範圍內的地板上反覆地蹀躞著。

「芬，我可以即刻走的；但你必須告訴我，你到底為什麼一定要叫我離開呢？」過了一忽，他忽然走近她身前，這樣問。

女的抬起了淚水模糊的，緋紅地充滿了血也充滿了幽怨的眼睛，帶了一種說不出的輕蔑，淡然地射在他臉上。他不禁感到一種可怕的寒顫，流過他的骨脊。

「為什麼叫你走嗎？這理由很簡單，你自己也應該知道，你實在太使我失望了。」像在責備他，但她的每一個聲音又都含有一種幻滅的悲哀。

聽到這話，覺得全出於意料外，茫茫然，簡直一點懂不得她的意思，於是他再問道：「我真的不知道，我有什麼使你感到了失望呢？」

女的不作聲，只拿一塊淡黃色的手絹，拭拭那停在她腮頰，停在她眼角，停在她細細的睫毛上的淚珠；再透了一口長長的吸呼，像要從喉嚨下面，扯出無限的怨氣來。於是，她無力地搖搖頭，表示出一種不勝悲切的樣子。

在默思似的呆了一忽兒之後，眼淚又淌下來了，但她又拿手絹去拭乾它。後來，經過他屢次的催問：她才迸著眼淚，用一種顫抖的聲音和他說：

「彬，這是我最後的一次這樣稱呼你了。在先前，雖然見不到你，不知道你的行蹤，但你的聲音笑貌，是永遠鎖在我心裡的。你是我感到悲苦時的一服最有效的鎮痛劑。你知道，我在南京，雖然物質上的享受不使我感到絲毫的不滿足，但我的靈魂是孤寂的。我的丈夫是一個只知道應酬，只知道成天奔走於權貴的廳堂的魯男子。他不懂得這時代和愛情的享受。雖然有時他也帶了我去參加那些盛大的跳舞會和宴會，帶了我去和那些權貴們和權貴們的太太小姐們會面，但是，這個你總知道，我和她們是談不上的。她們只知道吃得講究，穿得漂亮，她們是不懂得人生的真意義的。所以就是這樣，也沒有給我絲毫的快樂，只更其增加我的傷心，我覺得，他的帶我去，只是拿我去做一個裝飾品罷了。在高大的洋房裡我感到非常寂寞。寂寞啊，我幾乎哭出來了。是在這樣寂寞的包圍中，我就時常想起你，想起你所給我的熱烈的甜蜜的初戀的禮物。於是我就再也放不下你了。但我又沒有方法可以見到你。我只能暗地裡祈禱著，祝福你，沒有落在敵人的毒手裡，祝福你，康健，勇敢，百折不回的前進。因為我相信，自己雖然墮落了，你是絕不會像我的，我知道，你有你的堅決的意志。當然，我自己很明白，我是最軟弱的，我明知道那個社會的齷齪，我仍舊沒有勇氣離開它；我深恐離開了之後，自己會吃不了苦，受不了經濟的壓迫，反而弄得比現在更糟。但我想，自己雖然在時代的暴風雨裡跌倒了，然而起這暴風雨來的不就是我從前的愛人和我愛人同樣艱苦地工作著的那些偉大的工作者嗎？這樣一想時，就有這勇氣正視自己被輾死在巨輪下了……」說到了這裡，一腔說不出的辛酸湧起她心頭，她又重新浸在淚水裡了；但她還是勉強振作著精神說下去：「今晚無意中遇見你，那時，真是又快樂，又悲涼，你知道，那時我的心臟真是多麼劇烈地跳動啊！我看看你的憔悴的顏色，看看你的破舊的西裝，看看你的沉默的態度，我覺得你真是一個在貧窮和繁忙裡，默默地挑著時代的重擔掙扎著前進的我理想的愛人！我不怕你對於我的墮落會發生反感，我終於留你到旅館裡，我終於告白了我的身世。我希望，你會給我力，給我鼓勵。給我勇氣。哪知你……比我更墮落了！比我更墮落了！……我雖然混在官僚社會裡，但我心並沒有死呀，我的眼睛仍舊遙望那遼遠的明朝的。而你，卻變成一個無恥的，我說，無恥的小商人，你怕人家提到你是工作者了……現在，我不需要一個小商人卑鄙的愛情，你出去吧，我不願意見你再在這裡……」

噙著眼淚說完話，她竟高聲號淘的大哭起來了，他呢，也同樣地被捲入這一幕喜劇的漩渦裡。好像被擊襲似的，他那沉靜了多年的理性受到感情的激動了。他覺得眼前這女人，真是一匹受難在暴風雨裡的可憐的小羔羊。自己沒有前進的勇氣，卻希望愛人不像她，成為一個衝鋒殺敵的戰士，這是一種多麼頹廢的，也是多麼典型的知識分子的心境呀！安慰她嗎？只有將自己這四年的經過坦白地告訴她。但是，像她那樣一個不中用的同路人，你何必囉囉嗦嗦地向她說那一套話呢？而且，解釋了她的誤會，獲得了她的了解，又於你有什麼幫助呢？至多，不過得到了她那真摯的愛情而已。但是，所謂愛，這不是很明白，你現在不需要它，同時客觀上，你也沒有時間去接受像她那樣奢侈的愛情嗎？……在反覆的沉思裡，他走近窗畔去，呆呆地靠在那裡了。

涼爽的夜風從遼遠的郊外飄進都市來，爬過那馬路上的列樹的枝梢，撲近窗畔，在輕輕地摩撫著她的蓬亂的頭髮。但夜風，並吹不散他那煩亂的心緒，更無法撲滅他那一種無邊蒼涼的感覺。他看到一個牡丹花似的嬌傲的貴婦人，凋零在一個風雨之夜了。此後，她將再不會有半分幸福的幻想，她已失去她的最後的寄託了。一定的，在自己離開這房間之後，她將拿濃烈的酒精來毀壞她的健康吧，或者以狂笑，狂歌，狂哭來麻痺她的痛苦吧！……但他又有什麼辦法呢？單是同情她那寂寞的悲哀於她既沒有絲毫的幫助，然而要他現在再重新去向她解釋這四年來的經過並沒有使她失望，那他一定要經過許多說不盡的麻煩和困難和苦口的勸誘的，而且像她那樣一個脆弱的，感傷的婦人，一個悲慘的印象既已留下在她腦海裡，也許任你說穿了唇皮，她還是將你的話當作一種虛偽的安慰，在她的眼光裡，你還是一個為她所瞧不起的無恥的小商人。而她的理想中的、英雄的、幻滅的悲哀也還是沒有方法可以挽回的。即使這一切都不管它，但是像他那樣一個笨於口才的人，在這樣嚴重的情形下，叫他拿一句什麼話去開始，去逗她開口呢？

各人都說不出話來，讓沉默籠罩著。只有悽慘的嗚咽顫動在房內的藍色的空氣裡，和幾聲漫長的嘆息消散在窗外的幽暗的夜色裡。

是在這樣緊漲的氛圍氣裡，時間卻悄悄地逝去了……

後來，那沙發上的哭聲終於慢慢地由號淘變成嚶嚶的細泣，而他的心境也終於慢慢的由複雜而單純，由紊亂而平靜了。好像另有一種力奔進他身內，將他從糊塗中救出來，同時還擊死了那個盤據在他心裡的猙獰的怪獸——他的衝突。於是，如從昏醉中清醒過來，他覺得剛才那種矛盾的心境真是全可笑了。他覺得，這不是很明白，像她那樣一個不敢向前進，又不願意向後退的徘徊岐路的女性，像她那樣一個在無可奈何之中想拿英雄的夢想來填補自己的空虛的女性，在這年頭，遲早會有幻滅的一天的。讓她拿悲哀作為她的嬌貴的屍衣，伴著她的生命一同走進墳墓裡去吧。別人是，不會有，也不該有，這樣閒暇的心情，會拿什麼同情來顧憐到一個知識分子的女性的幻滅的。

這樣一想時，他發現自己再沒有勇氣留戀在這裡了，再沒有勇氣在這裡繼續扮演這滑稽的悲劇了。說到安慰她嗎？這不是很明白，此刻已成為麻煩而又不必要的，同時事實上也絕不會有效果的。

他透了一口氣，將剛才的苦惱全吐散在寒涼的夜氣中。於是他從窗邊回過頭來了，看看沙發上的女人還在嗚咽地啼泣著，面上的脂粉已零落到不堪一瞥的地步，正像一朵雨後的殘花。

「再見！」他枯燥地說。

她沒有答腔，也沒有抬起頭來。

但是，當他跨出房門之後，那哭聲又突然淒厲起來。這一回，卻沒有給他或種不安的刺激或騷擾。他沒有回過頭來，迅速地走下樓梯去了。

電子書購買

國家圖書館出版品預行編目資料

剪影集：像一縷柔軟的青煙，消失在夜的蒼茫裡 / 蓬子 著 . -- 第一版 . -- 臺北市：崧燁文化事業有限公司 , 2023.05
面；　公分
POD 版
ISBN 978-626-357-335-2(平裝)
857.63　　112005748

剪影集：像一縷柔軟的青煙，消失在夜的蒼茫裡

臉書

作　　者：蓬子
發 行 人：黃振庭
出 版 者：崧燁文化事業有限公司
發 行 者：崧燁文化事業有限公司
E-mail：sonbookservice@gmail.com
粉 絲 頁：https://www.facebook.com/sonbookss/
網　　址：https://sonbook.net/
地　　址：台北市中正區重慶南路一段六十一號八樓 815 室
Rm. 815, 8F., No.61, Sec. 1, Chongqing S. Rd., Zhongzheng Dist., Taipei City 100, Taiwan
電　　話：(02) 2370-3310　　傳　　真：(02) 2388-1990
印　　刷：京峯彩色印刷有限公司（京峰數位）
律師顧問：廣華律師事務所 張珮琦律師

定　　價：280 元
發行日期：2023 年 05 月第一版
◎本書以 POD 印製